Zu oft ist … Autor
der Tor
vor dem Tor

Für Leo
ganz herzlich

Roman | Skarabæus

Salzburg, 23.9.2009

Robert Kleindienst erzählt die Geschichte eines Besessenen: Ein junger Mann, besessen davon, einen Roman zu schreiben. Alles, was um ihn herum geschieht und was ihn bewegt, gerinnt ihm zu Sequenzen einer Geschichte, die sich ihrerseits wiederum in seinen Alltag einschreibt. Er geht in seinen Texten ein und aus, ein Wanderer in beiden Welten, die zu Schauplätzen einer, seiner Liebesgeschichte verschmelzen. Hier wie dort stürzt er sich in eine Affäre in der Hoffnung auf neue Impulse. Hier wie dort versucht er, sich der Verantwortung seiner langjährigen Beziehung und den gemeinsamen Erinnerungen zu entziehen.
Vor der herbstlichen Szenerie von Prag verschwimmen allmählich die Grenzen zwischen alter und neuer Liebe, zwischen Realität und Romanwelt. Als unmittelbarer Zeuge dieses literarischen Schöpfungsaktes gerät der Leser unweigerlich in den Sog zwischenmenschlicher Erfahrungen, aus dem es bis zur letzten Seite und noch darüber hinaus kein Entkommen gibt.

Robert Kleindienst, geboren 1975 in Salzburg. Studium der Germanistik, Pädagogik und Politikwissenschaft. Arbeitet als freier Schriftsteller und Literaturvermittler. Gründungsmitglied des Literaturportals *dieflut*. Mehrere Auszeichnungen, u.a. Österreichisches Dramatikerstipendium (1997, 2003), Georg-Trakl-Förderungspreis für Lyrik (1997), Rauriser Förderungspreis (2007). Textvertonungen und mehrere Veröffentlichungen in Literaturzeitschriften und Anthologien.

Robert Kleindienst

Später vielleicht

Roman

Skarabæus

Meinen Eltern

Manches Buch wirkt wie ein Schlüssel zu fremden Sälen des eigenen Schlosses.
(Franz Kafka)

Alles muss als etwas betrachtet werden, was von einer Romanperson gesagt wird.
(Roland Barthes)

Es könnte sein, dass er aus dem Roman hinausgetreten sei in ihre Welt und sie zurückgeholt habe in seine. Man sagt, es habe sie gegeben, er wäre an ihrer Seite gelegen, als würde man wissen, wovon man spricht. Könnte er sie jetzt ansprechen, wäre sie ihm schon zu nah. Mit der Distanz der Worte weitet sich der Raum zwischen ihnen. So kommt sie zurück in seine Erinnerung und lässt ihn diese Zeilen schreiben, die ihr zugedacht sind. Er möchte sie niedergeschrieben wissen, bevor ihr Bild zu verblassen beginnt und nur noch Entferntes ist, Erdachtes an Gefühlen und Gerüchen, an Orten, die sie gemeinsam betraten. Die Liebe sei stumm, schreibt Novalis, einzig die Poesie könne für sie sprechen.

Luft, angehalten

Der Himmel war schon den ganzen Tag über trüb, und Nelly saß am Steuer, als hätte der Nebel längst ihre Augen durchdrungen.

„Wann sehen wir uns wieder?“, fragte sie.

„Wie wär’s mit Dienstag?“

„Am Dienstag muss ich länger arbeiten und dann zuhause einiges erledigen.“

„Mittwoch?“

„Ich sage dir am Abend Bescheid!“

Er stieg aus und winkte dem wegfahrenden Wagen nach. Als er hinter dem Häuserblock verschwunden war, fiel ihm ein, dass er am Mittwoch schon eine Verabredung hatte. Also wieder nur zwei Treffen diese Woche. Er konnte sich nicht daran gewöhnen, und Nelly war womöglich nicht undankbar. In den letzten Monaten hatte sie sich zunehmend von ihm abgenabelt, und dass sie noch zusammen waren, lag wohl mehr an seiner Unschlüssigkeit als gegenseitiger Zuneigung.

Der Lift war besetzt, er überwand sich und nahm zwei Stufen auf einmal. Im zweiten Stock flatterte sein Herz, oben angekommen, hämmerte es im Takt eines Techno-Metronoms. Vor der Tür lag ein Prospekt, *Rettet unsere Kirche*, darin ein Erlagschein: Papierkorbfutter. Mit einem Schubs fiel die Tür ins Schloss. Drinnen oder draußen, jedenfalls war er zurückgekehrt in sein Mauseloch. Im Wohnzimmer roch es nach Essen, Parfum, kaltem Rauch. Nelly hatte ihre leere Zigarettenschachtel am Tisch liegengelassen, als Mahnung an vorhin vielleicht, als sie drei Zigaretten hintereinander geraucht und ihm dabei vorgehalten hatte, er sei Schuld, wenn sie Lungenkrebs bekomme, da mit ihm richtiges Diskutieren unmöglich sei. Er zündete ein Räucherstäbchen an und legte eine CD ein. Während eine Seltsamkeit besungen wurde, musterte er die aufsteigenden Schwaden. Eine nahm die Form eines Bootes an, das ihn an die nahende Reise mit Nelly erinnerte. Prag, Paris oder Florenz, falls bis dahin nicht die Eiszeit zwischen ihnen ausgebrochen war. Eine andere Schwade sah aus wie eine Zahl oder ein Buchstabe. Wenigstens in Rauchform kamen die Buchstaben noch zu ihm. Was sein Schreiben anbelangte, tat er nichts anderes, als aufzustehen, um dem Morgen die müde Hand zu reichen, in Erwartung der Nacht. Eine Bestätigung des Trägheitsgesetzes, Tag für Tag. Die Tragik an so viel Physik war, dass es Ansätze einer Achterbahnfahrt gab – nur, dass es bei ihm fast kontinuierlich bergab ging. Ausnahmen dienten ihm höchstens dazu, sich bewusst zu machen, dass er das wahrscheinlich linearste Leben der Welt führte. Er hatte Achterbahnfahrten schon als Kind gemieden, ja gehasst. Doch schon am nächsten Tag konnten Vögel durchs Fenster fliegen oder ein Komet, es konnte jemand kommen, der einem sagte: „Steh endlich auf, reiß dich los!" Aber er, er konnte Löcher in den verdunkelten Himmel drücken und sich über seine gebrochenen Finger wundern. Es schien ihm unendlich mühsam, darauf zu warten, dass die Worte zurückkamen. Früher war es leicht gewesen, da war sein Kopf noch ein Vulkan, und die Wortlava befruchtete das umliegende Gebiet, sodass sich immer neue Welten bildeten. Jetzt lagen die Eruptivsätze in der Gegend verstreut, Monumente der Vergangenheit. Und manchmal blies ihm der Wind kalte Asche bis tief in die Lungen. Wenn es ihm doch gelang zu schreiben, so gelangten die Worte nicht nach außen in seine Umwelt, sondern blieben eingeschlossen im Computer, unbeachtet auf Zetteln in der Schublade. Sein Schreiben und der

Versuch des Nach-außen-Bringens waren ein wiederholtes Scheitern, das Gefühl, als würde eine höhere Macht verhindern, dass man endlich dazugehöre. Und jene, die es doch schafften – waren sie die Auserwählten oder wählten sie einfach den richtigen Weg nach oben, bereit, Wegzoll zu zahlen?

Das Handy läutete. Er sah die Nummer am Display und hob nicht ab. David versuchte schon zum dritten Mal, ihn zu erreichen, und er hatte eine Vorahnung wegen seines Anrufs und ärgerte sich, dass er keine Nachricht auf der Mailbox hinterließ. Mit einer Nusspackung legte er sich auf die Couch. Die Fernbedienung suchte sich den Weg durch die Programme und brachte ihm das Gewohnte. Hochprozentiger Import. Er kontrollierte seine Aktienkurse, die nächste Ernüchterung. Dann fand er eine Dokumentation über eine schwangere Frau, die in einer Fabrik Computerteile aneinanderpresste. Während die Nüsse in seinem Mund verschwanden, stellte er sich ein Kind vor, das aus dem Leib der Frau rutschte und versehentlich aufs Fließband befördert wurde. Neue Nahrung für die künstliche Intelligenz. Er fragte sich, ob es das sein konnte, acht Stunden und länger in einer künstlich beleuchteten Halle zu stehen, während sich draußen die Sonne totlachte. Zack. Das nächste Stück. Und an die Sonne denken. Zack. Die Sonne. Zack. Neonlicht. Sonne. Weiter. Lachen. Lachen. Tot. Noch fünfundvierzig Minuten. Fünfzehn. Fünf. Aus. Tagaus. Tagein. Sechzig. Dreißig. Fünfzehn. Zehn. Wenn man dann endlich draußen war im schönen Tag, war die Sonne schon wieder verschwunden. Der Erfinder des Solariums musste ein pensionierter Fabrikarbeiter gewesen sein.

Er war unsagbar glücklich, dass er mehr, eine Unmenge mehr Zeit für sich übrig hatte. So konnte er ungestört im

Zimmer dahinvegetieren, altern, verstauben. Und wenn die Menschen von der Arbeit zurückkamen, müde, ausgelaugt, froh, endlich vor dem Fernseher ausspannen zu können, saß er vor dem Computer, ebenso leer und ausgelaugt, ohne viel getan, gedient oder gar etwas verdient zu haben. Nein, nicht einen einzigen kleinen Dienst hatte er der Menschheit erwiesen, weder mit seiner Passivität noch mit seinen Worten. Endlich wieder einmal bis in den Morgen schreiben und ins Bett sinken, wenn das Gros der Menschen zur Arbeit strömte. Endlich wieder einmal schreiben, bis man die Finger nicht mehr krümmen konnte und der Kopf leerer war als ein ausgelöffeltes Ei. Woran lag seine Trägheit? Am Herbst? Dem aufkommenden Murmeltierverhalten? Spätestens im Winter würde er wohl wieder zur gewohnten Hochform auflaufen, bis zwölf schlafen, irgendwann aus dem Bett kriechen, frühstücken, zu Mittag essen am Nachmittag. Warten auf Ideen. Abendessen, fernsehen, warten auf die Nacht. Telefonläuten. Diesmal hob er ab. David langweilte sich und wollte ihn überreden auszugehen. Seit seine Freundin der zweijährigen Beziehung den Todesstoß versetzt hatte, war er viel allein und rief ihn wieder öfter an als zuvor. Einen Moment lang suchte er nach einer Ausrede, sagte dann aber zu und ärgerte sich im nächsten Augenblick darüber. Ihm blieben noch zwei Stunden. Er richtete sich etwas zu essen und legte sich hin. Als er wieder auf die Uhr sah, kam sein Körper auf Touren. Er schlüpfte in seine Jacke, raste mit einer Radstärke in die Altstadt und kämpfte gegen den Wind. Die Zeit war Sieger, er musste sich um acht Minuten geschlagen geben.

„Dein Körper macht's auch nicht mehr lang", empfing ihn David.

„Ich trainiere nicht beim Schreiben."

„Du schreibst wieder?" Während er David von seinen letzten Schreibversuchen erzählte, hatte er plötzlich das

Gefühl, als würde sich sein Magen zusammenschnüren, fester und fester, um dann explosionsartig zu platzen. Er überspielte seine Schmerzen in gewohnter Manier und sah sich vor der Bar stehen, von Blicken seziert. Auf seinem Kopf war ein Tablett, darauf platziert: Krankheiten. Schwindel, Stechen, Magenprobleme, Bronchitis, Rückenschmerzen. Und ständig wurde neu aufgetragen. Solange er nicht wusste, ob er selbst der Ober war, konnte sich nichts ändern. Der Schwindel ging, Darmprobleme kamen. Darmprobleme gingen, dafür nistete sich eine Zahnfleischentzündung im Mund ein. So fand sein Körper keine Ruhe zum Verschnaufen. Der einzige Trost, der ihm blieb, war, sich als leidendes Gesamtkunstwerk zu sehen.

„Wie würdest du die beiden beschreiben?" David zeigte auf zwei Frauen, die rasch ihren Blick von ihm wendeten.

„Soll ich es dir ehrlich sagen? Sie interessieren mich nicht."

Eine halbe Stunde später liefen sie mit den beiden durch ein heftiges Gewitter und erreichten bis auf die Haare durchnässt die nächste Bar, wo sie es sich auf den Ledersofas bequem machten. David spendierte eine Runde Caipirinha. Schon lange hatte er ihn nicht mehr so ausgelassen erlebt, und dass er sich für eine der beiden Frauen interessierte, war mittlerweile wohl jedem Lokalbesucher aufgefallen. Er hatte einiges aufzuholen, denn mit seiner Einsamkeit verhielt es sich, als würde er zunehmend austrocknen und seine Lebensenergie stückweise dem Tod abtreten.

Im Lauf des Gesprächs erfuhr er, dass David eine der beiden Frauen schon länger vom Sehen kannte. Sabine, die jüngere der beiden, schien sich zu langweilen, doch er verspürte keine Lust, sie zu unterhalten. David redete bereits über die Zukunft und versuchte, seiner Auserwählten aus der Hand zu lesen. Blicke in Augen, tiefer gehend. Je mehr die beiden konsumierten, umso flüssiger wurde ihr Gespräch, und nach dem dritten Getränk befand sich Davids Zunge bereits in fremdem Gebiet. Einen Moment lang beneidete er ihn. Einen langen Moment lang. Schon dachte er daran, aufzustehen, die drei sitzen zu lassen und zu gehen. Aber er blieb. Um zu warten, bis er endlich aufstand und die drei sitzen ließ. Sein Blick schweifte umher. Die Bar wirkte kalt, Interieur wie Menschen. In dieser Stadt hing den Highlife-Konsumenten die Zunge der Fadesse und Oberflächlichkeit aus dem Mund, Glanz und Vanitas reichten sich hier jedermanns Hand. Nein, Davids Traumschiff sollte ungehindert dem Sonnenaufgang entgegentreiben; irgendwo warteten schon Sandbänke und Riffe auf ihn. Sein Freund driftete immer weiter von ihm fort, Sabine war mittlerweile von der Couch verschluckt worden. Wenigstens war sein Magen jetzt wieder eine ruhige See.

„Ich werde aufbrechen“, sagte er dann und erhob sich.

„Du verlässt uns schon?“ David gab sich überrascht. „Schade. Ja, also – komm gut heim! Ich ruf dich morgen an.“

„Ja. Bis morgen. Und euch noch einen schönen Abend.“

Als er draußen war, fühlte er sich wie aus einer Konservendose geschlüpft. In seinen Ohren dröhnte der Bass aus der Bar weiter. Er setzte sich aufs Fahrrad und fuhr heimwärts. Flucht, endlich Freiheit. Plötzlich hatte er einen intensiven Geruch in seiner Nase, den er zuerst nicht zuordnen konnte. Erst nach und nach wurde ihm bewusst, woher er ihn kannte: Prag. Es war die kühle, nach Schnee riechende Luft, mit einer Note Fremdheit und Sehnsucht, so wie er Prag kennen gelernt und das letzte

Mal verlassen hatte. Er beschloss, den Geruch mit ins Bett und in die Träume zu nehmen, die ihn über die Stadt tragen und unters Straßenpflaster ziehen sollten. Er trat schneller in die Pedale, mit dem aufkommenden Gefühl einer Schreiblust. Zuhause blinkte der Anrufbeantworter.

Hallo, ich bin's! Ich habe dich nicht am Handy erreicht und wollte dir eine gute Nacht wünschen. Ich hab dich lieb. Schlaf gut!

Er kontrollierte sein Handy und sah zwei Anrufe in Abwesenheit von Nelly. Aber es war schon zu spät für einen Rückruf, und er war auch nicht in der passenden Stimmung, mit ihr ein Gespräch zu führen. Er zog seine verrauchte Kleidung aus und setzte sich in Shorts und Bademantel an den Schreibtisch. Jetzt fühlte sich sein Körper an, als wäre er vollgepumpt mit Schlaftabletten, und seine Kraft reichte zu keinem einzigen Wort. Ja, wenn es sich um Worte handeln würde. Wenn es genügte, ein Wort hinzusetzen, und man sich wegwenden konnte im ruhigen Bewusstsein, dieses Wort ganz mit sich erfüllt zu haben. Plötzlich stand Kafka neben ihm und sie kamen rasch ins Gespräch. Sie unterhielten sich über die Ohnmacht der Schreibkrise, die Qual der Worteremitage. Kafka murmelte etwas von Schwere und Schlaf, er nickte und ging zu Bett.

Sonntag, 24. 10., elf Uhr sechsunddreißig. Dreimal schaltete sich die Weckwiederholung ein, bis er widerwillig das warme Bett verließ. Frühstück, Zeitunglesen, Teletext. Überprüfen der Aktienkurse. Das Börsewetter war lichtlos, das Wetter keinesfalls besser. Er nahm eine Dusche und erledigte lustlos anstehende Dinge. Am frühen Abend rief er Nelly an. Sie telefonierten über eine halbe Stunde und verabredeten sich fürs Kino.

Beim Nachhausegehen unterhielten sie sich über den Film. Nelly war stiller als sonst, und auch er redete wenig, da sie im Kino zweimal seine Hand weggeschoben hatte, mit der Erklärung, dass sie die Hand am Knie nervös mache.

„Ich bin mir sicher, dass du in ein paar Stunden wieder mit etwas herausrückst, das dich stört", sagte sie und sah ihn erwartungsvoll an.

„Das einzige, was mich gerade stört, sind deine Analyseversuche."

„Gehen wir noch etwas trinken?"

Sein Kopf nickte, obwohl er nicht gehen wollte. Bevor sie im Lokal Platz nahmen, forderte ihn Nelly auf, dass er sich ihr gegenübersetze, um nicht zum Nachbartisch zu sehen, wo sich zwei mit kurzen Röcken bekleidete junge Frauen unterhielten. Zuerst musste er über ihren ungewohnten Eifersuchtsanfall lachen, dann schlug die Stimmung um.

„Warum soll ich? Das hast du noch nie von mir verlangt!", sagte er.

„Ich darf dir doch sagen, was mich stört. Außerdem möchte ich nicht, dass du mit den beiden flirtest."

„Du schreibst mir also ab heute vor, was ich machen darf?"

„Ich schreibe dir gar nichts vor. Wieso kannst du nicht einfach etwas für mich tun?"

Er verspürte große Lust, zu den beiden Frauen zu gehen und mit ihnen das Lokal zu verlassen oder Nelly zu sagen, dass es so nicht weiterginge. Dass nichts dergleichen passierte, beunruhigte ihn nicht weiter; er war es von sich gewohnt. Die zwischenzeitlichen Höhenflüge, auf denen alles stimmig zwischen ihm und Nelly schien, meist nach klärenden Gesprächen, halfen seinem Gefühl nicht auf die Sprünge. Nach fast jedem Streitgespräch kam Nellys

Bestätigung, sie würde ihn lieben und für den schönsten und besten Mann der Welt halten. Und jedes Mal blieb er vor ihr stehen und betrachtete sich als jemanden, der unmöglich zufrieden sein konnte und sich nachts, wenn er allein zu Bett ging, unbefriedigt fühlte.

„Ich glaube nicht, dass es anderen nach fünf Jahren besser geht", hatte ihn sein Freund Thomas aufgebaut, als er ihm davon erzählte, und gemeint, er solle froh sein, dass sie überhaupt noch miteinander redeten nach so langer Zeit.

Rückblende: Zwei Uhr nachts, Nelly und er lagen in einem toskanischen Hotel wach nebeneinander, küssten und streichelten sich und waren sich so nah, dass sie vom Sturm draußen erst am nächsten Tag erfuhren. Es waren diese schönen Gedanken an früher, die ihn an Nelly banden, als alles noch so spielerisch war zwischen ihnen und sie sich auch körperlich nahe standen und unverblümt liebten. Aber jetzt. Die Dissonanz ihrer Zärtlichkeit. Jetzt hatten sie ein Mal pro Woche Sex, fast ausschließlich abends, vornehmlich nach zehn Uhr, ein Angleichen an den statistischen Durchschnitt des Landes. Und Nellys ständige Müdigkeit. Tagsüber rückte er diese Gedanken in sichere Ferne, aber nachts holten sie ihn ein, raubten ihm den Schlaf, bildeten Risse im Bett, wachsende Untiefen. Vor dieser Zeit hatten sie sich geliebt, ohne darüber nachzudenken, an das Kommende geglaubt. Wenn man sich nahe kam, würde man meist bequem, und Bequemlichkeit wäre der Tod einer jeden funktionierenden Beziehung, hatte ihm Thomas erklärt.

Nelly monologisierte und hielt ihm vor, wie unfähig er wäre, sich ihr mitzuteilen. Ihre Worte zogen ihm die Wärme aus den Gliedern. Seine Finger wurden eiskalt. Er stellte sich eine Bergwiese vor, saß auf einer Holzbank, um ihn nichts als Anhöhen, Sonne, Schnee. Dann drängte sich ein anderes Bild auf: Er, eingesperrt in einen Bienenstock, Nelly stand davor und schaute durch die Ritzen, ohne die Miene zu verziehen. Auf seiner Haut hatte sich ein Meer an Bienen versammelt, selbst der Mund war randvoll. Und er stand regungslos aus Angst vor dem ersten Stich und schaute durch die Ritzen in funkelnde Augen.

„Ich weiß nicht ... vielleicht war es ein dummes Experiment“, sagte Nelly später und zündete sich eine Zigarette an.

„Ein Experiment? Du wolltest also testen, wie weit du bei mir gehen kannst?“

„So habe ich das nicht gemeint.“

„Aber?“

„Was, aber?“

„Ich meine – was soll das eigentlich?“

„Vergiss es. Ich weiß es selbst nicht.“

Beim Heimgehen redeten sie kaum, jeder umklammerte seinen Richterstab mit der Aufschrift *Schuld ist der andere!*. Erst kurz vor der Wohnung änderte sich die Stimmung, als Nelly über eine Unebenheit im Asphalt stolperte und ihr Stab im Kanal verschwand. Er verarztete ihr aufgescheuertes Knie mit Arnika, sie biss ihm vor Schmerz in den Finger. Dann verschwand sie im Badezimmer. Als sie zurückkam, trug sie seinen Bademantel über nackter Haut und bedankte sich für den ärztlichen Beistand.

„Weißt du, was ich mir wünsche?“, flüsterte sie ihm vorm Einschlafen ins Ohr. „Dass du mich lieb hast und es mir sagst. Von dir aus.“

„Ich hab dich gern, das weißt du. Ist das nicht genug?“

„Das tun andere auch.“

„Na gut, dann habe ich dich eben unendlich viel gerner als alle anderen!“

„Mehr bin ich dir nicht wert?“
„Es ist halb vier –.“
„Es sind vier Worte.“
„Stört es dich, wenn ich mich an den Computer setze?“

Fünf Minuten verbrachte er regungslos vor dem Bildschirm und dachte an früher. Es war die Zeit, als die Sterne fliegen lernten und sich das Schreiben als Sternflug offenbarte. Oft saß er stundenlang vor dem Computer und tippte, was sich draußen abspielte und in ihm blieb, vergaß gänzlich die Zeit und wuchs mit den Worten tief in die Nacht. Essenzen wurden herausgefiltert, in Sprache Destilliertes blieb über als ein Geschenk. Jetzt lagen die Worte als modrige Pilze auf der Zunge und fanden keinen Weg aufs Papier. Verwunschene Giftpilze. Mit aller Kraft durchbrach er die Starre und nutzte seine Stimmung, um an einem alten Beziehungstext weiterzuschreiben.

Ich wende mich von ihr ab und trage den Mülleimer nach unten. Was sind vier Worte, verglichen mit dem Gefühl der Liebe? Was habe ich von einem Eisblock, der gebetsmühlenartig sagt: Ich hab dich lieb! Ich hab dich lieb! Ich liebe dich! Natürlich kann ich ihn umarmen und zum Schmelzen bringen. Aber ein überfluteter Boden? In meinem Kopf türmen sich arktische Bilder und ein eisiger Schauer läuft mir über den Rücken. Dann kommt mir eine Strophe aus einem Gedicht von Luis Cernuda in den Sinn:

Was die Lüge angeht, so genügt es zu sagen „ich liebe“,
und schon wuchert sie zwischen den Steinen
und blüht, Küsse tragend statt Blättern,
Dornen an Stelle von Dornen.

Dornen an Stelle von Dornen. Ich werfe den Müll samt Eisblock in die Tonne, zögernd, wieder nach oben zu gehen.

Stimmen drangen aus dem Nebenraum. Nelly hatte den Fernseher eingeschaltet, wahrscheinlich konnte sie wieder nicht schlafen, wie so oft in den vergangenen Wochen und Monaten. Er ging ins Schlafzimmer, schloss sie in seine Arme, sie umarmten sich und er flüsterte ihr Koseworte ins Ohr. Er blieb sitzen. Die Konzentration war mit einem Schlag weg, und er war im Vakuum. Wenige Sätze, die ihn ausgelaugt hatten wie eine durchwachte Nacht. Dann das Warten. Auf Ideen. Auf weitere Sätze. Aber nichts kam, nicht einem einzigen Wort schien es die Mühe wert, ihn aufzusuchen. Doch er wollte schreiben. Über die Liebe. Über die Trennung. Er suchte ein Kafka-Buch aus dem Bücherregal, *Briefe an Felice*, eine Stelle daraus war ihm verschwommen in Erinnerung, die er nachlesen wollte und nach längerem Suchen fand:

Die abweisende Gestalt, die ich immer traf, war nicht die welche sagt: Ich liebe Dich nicht, sondern welche sagt: „Du kannst mich nicht lieben, so sehr Du es willst, Du liebst unglücklich die Liebe zu mir, die Liebe zu mir liebt Dich nicht.“ Infolgedessen ist es unrichtig zu sagen, dass ich das Wort „Ich liebe Dich“ erfahren habe, ich habe nur die wartende Stille erfahren, welche von meinem „Ich liebe Dich“ hätte unterbrochen werden sollen, nur das habe ich erfahren, sonst nichts.

Diese Sätze über Kafkas Unsicherheit in der Liebe, sein Schwanken zwischen Einzelgängertum und dem Verlangen nach Menschen lagen ihm so nahe, dass er beim Lesen einen Faden spürte, der sie verband, dünn, aber wahrnehmbar. Er dachte daran, Nelly die Passage vorzulesen. *Die Liebe zu mir liebt Dich nicht*. Es wäre wohl zu einem Streit gekommen, der zu nichts geführt hätte außer der Erkenntnis, dass nicht mehr viel übrig war von ihrer Liebe. Die Tage, an denen sie sich sahen, waren Termine, mit denen man zur Gewissensberuhigung den Tag stopfte und wachsende Löcher verdeckte. Sah man sich zwei- oder dreimal in der Woche, verlagerte sich auch die gemeinsame Sexualität an einen dieser Tage, und wenn man selbst gerade keine Lust verspürte, so verspürte man sie vielleicht für den anderen. Auf Nellys Frage, ob er sie vermisst habe, antwortete er meist mit der Gegenfrage: „Du mich denn nicht?" Man konnte den Himmel mit der Erde vertauschen oder gemeinsam in einem fernen Land aufwachen, es hätte sich nicht viel geändert in ihrer Beziehung. Sie waren kein wachsender Efeu mehr, dessen Blätter sich ineinander rankten und gegenseitig stützten. Sie waren zu Bleikugeln mutiert, die nebeneinander rollten, in einer vorgeformten Bahn. Und dann ihre dauernde Angst, sie könnten sich auseinander leben, jeder könnte seinen eigenen Weg gehen, neue Freunde finden, einen neuen Partner.

„Magst du nicht zu mir kommen?" Nelly stand hinter ihm und legte ihre Hände um seinen Hals. Aber nichts geschah. Sie massierte nur seinen Nacken und ließ ihn enttäuscht am Sessel zurück.

„Ich schreibe noch den Satz fertig", rief er ihr nach.

Aus dem einen Satz wuchsen acht weitere, bevor er den Computer in den Schlafmodus schickte. Nelly lag mit offenen Augen im Bett. Er kroch zu ihr unter die Decke, sie küssten sich und die letzten aufgestauten Aggressionen lösten sich im gemeinsamen Höhepunkt. Nelly schlief vor ihm ein. Er blieb mit seinen Gedanken allein im Dunkel, aufgeputscht wie ein 100-Meter-Läufer vor dem Start. Es fiel ihm nicht leicht, die Fledermäuse im Zimmer zu verscheuchen, die Nellys Namen auf den Flügeln trugen. Einige saßen auf seiner Haut und saugten Blut, andere flogen ihm um die Ohren und stießen Sätze in den Raum. Dass sich Nelly zunehmend von ihm entfernte und er sich von ihr. Dass jeder nur noch für sich lebte. Dass sie bestenfalls noch im Bett zueinander fanden, und selbst davon waren sie nicht überzeugt. Er stimmte zu, ohne zu zögern und schoss eine Fledermaus nach der anderen ab. Viel zu häufig war es in den letzten Monaten zu Konflikten mit Nelly gekommen, und oft wuchsen aus den harmlosesten Situationen Monster, die nicht mehr von seiner Seite wichen. Als er sie vor einem Jahr – damals schwebte ein grellroter Mond über ihnen – fragte, ob sie mit ihm zusammenziehen wolle, zögerte sie und mochte sich nicht festlegen. Aber weder sie noch er bekamen beim Gedanken an ein gemeinsames Leben Freudentränen in die Augen. Im Nachhinein war er froh darüber, heimzukommen und eine meist leere Wohnung vorzufinden. Auch wenn er gehofft hatte, dass Nelly mehr Ordnung, etwas mehr Regelmäßigkeit in sein Leben gebracht und er durch das Zusammenleben wieder zum Schreiben gefunden hätte. ‚Treue hat nur Wert als ein Gegengeschenk‘, hörte er Nelly sagen, ‚aber kann ich mich auf deine Treue verlassen? Und wenn ja, wer sagt mir, dass du mich überhaupt noch liebst, wenn du es mir nicht sagen kannst? Du hast dich immer davor gedrückt und gemeint, das wärst nicht du, das wäre nicht authentisch, sondern meine Art, Liebe auszudrücken. Aber es gibt zwei Menschen in einer Beziehung. Und ich bin einer davon.‘

Implosion

Und wieder wachte er auf mit Bildern, die er schon so oft geträumt hatte: Er lag über einer Frau, ohne sie zu berühren, und jeder Versuch, ihr näher zu kommen, scheiterte. Dann war er bei einem riesigen Brunnen, die Frau ging übers Wasser, auf ihn zu, aber bevor er ihre ausgestreckte Hand erreichen konnte, war sie versunken.

Erst während des Frühstücks lösten sich die Bilder nach und nach auf. Gerne hätte er Nelly von seinem Traum erzählt, bevor er völlig verblasst war, aber sie war für zwei Tage auf einer Fortbildung am Land und er wollte sie nicht am Telefon mit einem eigenartigen Traum belästigen. Obwohl sie ihn eingeladen hatte, mitzukommen, hatte er unter dem Vorwand abgelehnt, an einem Theaterstück für ein Preisausschreiben arbeiten zu müssen. Sie hatte nicht weiter gefragt. Sie hatte sich nicht einmal wegen des Stückes erkundigt, und er hatte seinen vorbereiteten Plot die Toilette hinuntergespült. Wieder war ihm in jenem Moment schmerzhaft bewusst geworden, dass sich kaum jemand ernsthaft für sein Schreiben interessierte, mit Ausnahme von Fragen wie „Hast du schon einen Titel für dein Buch?“ oder „Wann bekommst du den nächsten Preis?“ Und Nelly? Früher hatte sie noch fast alle seine Texte korrigiert und war Feuer und Flamme für alles Neue gewesen. Als er sie zuletzt darauf angesprochen hatte, dass sie kaum noch über seine Literatur redeten, und sie fragte, ob sie nichts mehr für seine Texte übrig habe, antwortete sie „Natürlich interessiere ich mich für das, was du machst. Außerdem habe ich noch einige Gedichte von dir.“ Was sie nicht ansprach, war, dass diese

Gedichte schon über zwei Monate auf ihrem Nachttisch lagen, wahrscheinlich ungelesen. Er wusste nicht, ob sie bemerkt hatte, dass er sich zunehmend an den Protagonisten eines von ihm verfassten und von ihr korrigierten Wüstengleichnisses annäherte: Ein Mann, der durch die Wüste ging und nichts, nicht einmal einen einzigen Tropfen Wasser bei sich trug. Um ihn herum Wortsträucher und vertrocknete Satzbäume. Er ging auf dem Staub verbrauchter Texte, ging in den Tag, durch die Glut, den Nachtfrost, ging, ohne sich zu besinnen, wohin er eigentlich wollte. Und das einzig Sinnvolle an seinem Vorwärtskommen war der Gedanke daran, sich einem unbekannten, verheißungsvollen Land zu nähern. Und er ging in der Hitze und Kälte voran, kroch, schleppte sich weiter, sein ganzes Denken auf einen einzigen Tropfen Wasser gerichtet. Und dann fand er ein fast zur Gänze im Sand begrabenes Auto hinter einer Düne und öffnete mit letzten Kräften die Motorhaube. Wasser. Reste von warmem, destilliertem Wasser. Und er ließ das Auto hinter sich, ging weiter, in den herandämmernden Abend, auf der Suche nach fruchtbarem Land, Wortsträuchern, Bilderbäumen.

Vor einigen Tagen hatte man ihm sein Hörspiel zurückgeschickt. Kriegsthemen seien nicht mehr gefragt, die Leute hätten genug davon und man könne sich keine Experimente leisten, in Zeiten von Rationalisierung und Einsparungen, so das Urteil des Radiofachmanns. Es war die dritte Absage in kurzer Zeit. Das dritte Mal, dass er mit dem Gefühl zurückgelassen wurde, für sich und nur für sich allein zu schreiben. Er wartete, Tag für Tag, Nacht für Nacht, dass ihn doch endlich die Muse küssen würde, aber nichts außer ein paar Gedichten kam zustande und zurück blieb das Gefühl einer Ohnmacht. Mit dem Schreiben verhielt es sich für ihn wie mit dem Atmen: Beides war notwendig zum Leben.

Er legte sich auf die Couch und überlegte, was passieren würde, wenn er den Atem anhielte. *Atmen heißt urteilen*, hieß es bei Albert Camus. Er urteilte, zu leben. Er lehnte sich zurück und schaltete den Fernseher ein. Die Nachrichten brachten das gewohnt Negative. *Alle vier Sekunden stirbt ein Mensch an Unterernährung*, las er im Teletext und fragte sich, ob durch diese Schlagzeile die Menschen in Hinkunft mehr zu Essen hätten. Alle vier Sekunden wurde eine solche Schlagzeile wieder vergessen. Er suchte nach einem passenden Programm. Werbung. Seifenopern. Ein Bericht über die Pfleger eines Seniorenheims. Werbung. Das Bild der sterbenskranken Frau im Bett vorhin glich nicht jenem einer dynamischen Siebzigjährigen, die unter maximalem Lacheinsatz auf einem Rad ihren Enkelkindern davonfuhr und ihre Agilität auf die Einnahme der richtigen Kapseln zurückführte. Er schaltete weiter. Wenn Männer glaubten, sie müssten im Fernsehen ihre Vorliebe für große Brüste bekannt geben und Frauen der Meinung waren, mit einer öffentlichen Diskussion über ihre Körbchengrößen die Welt zu verbessern, zog er das Betrachten der Berge vor dem Fenster vor. Mit einem Knopfdruck ließ er die sichtlich erregten Frauen und Männer in ihrer Vorstellung von Welt. Zwei Sender weiter wurden weinende, fliegenbedeckte Kinder gezeigt, die an einer neuen Epidemie erkrankt in Ruanda dahinvegetierten. Kinder, für deren Rettung es zwar Medikamente gegeben hätte, die aber aus Ländern stammten, die keine guten Absatzmärkte boten. Zumindest, so dachte er, blieb es in diesem Fall dem Papst erspart, Tausende dem Tod geweihte Kinder als Sträflinge Gottes zu bezeichnen, so wie er es in Bezug auf Aidskranke formuliert hatte. Er schaltete weiter. Während Regen gegen das Fenster peitschte, stürzten drei Meter vor ihm Lavaströme gegen den Bildschirm. Nein, dieses Gerät für Masseneremiten gab ihm heute nichts und lieferte keine einzige brauchbare Idee. Er schaltete den Fernseher aus und sinnierte darüber, dass ihm die Leerzeit Lebenszeit stahl. Mit jeder Minute, jedem Vorrücken des Sekundenzeigers auf der Uhr, verging unwiederbringlich Zeit. Eins. Zwei. Drei. Vier. Fünf. Er lebte kürzer. Rückte dem Tod näher. Eins. Zwei. Drei. Vier. Die ruhelosen grauen Männer walteten ihres Amtes. Atmen hieß nicht nur urteilen, sondern auch dem Tod näher rücken. Eins. Zwei. Drei. Seine Zeit war nicht totzuschlagen, aber sie schlug ihn tot. Es war ein Boxkampf ohne Handschuhe, ohne Ringrichter, und er trug die blauen Flecken innerlich, unfähig, dagegen anzukämpfen. Eins. Zwei. Seine Zeit war ihm über den Kopf gewachsen und schien ihn zu erdrücken. Eins. Er wartete darauf, irgendwann vom Nichtstun erlöst zu werden, aber wann war irgendwann? Sein Leben schien ihm unerträglich, ein anderes unerreichbar. Und die Uhr tickte erbarmungslos weiter …

Kurz nach drei hatte sich das Atmen wieder verselbständigt. Seit mehreren Stunden saß er vor dem Computer, ohne eine einzige Zeile geschrieben zu haben. Lustlos begann er, im Internet zu surfen, als David anrief. Er schlug ein Treffen vor, aber David winkte ab, da er auf die Universität musste. Nach einem verspäteten Mittagessen setzte er sich wieder an den Schreibtisch und wartete. Nichts. Die Hände: gelähmt. Der Kopf: müde und unfähig, sich aufs Schreiben zu konzentrieren. Er schob die Schuld auf das Zimmer, die Brutstätte der Einfallslosigkeit. Der Blick in die Ferne scheiterte an den Vorhängen vor dem Fenster. Solange er hier blieb, würde ihm nichts einfallen, war jede Idee eine Totgeburt. Aber das Unerträglichste war nicht dieses Gefühl. Viel schlimmer war es, ins Bett zu gehen und am Morgen aufzuwachen mit dem Wissen, wieder nichts zustande gebracht zu haben. Wenn er von draußen mit Bildern und Gerüchen in die

Wohnung kam, war sein Kopf voller Ideen, voll von pulsierenden Bildern, die er in Worten festhalten wollte. Am Schreibtisch schien es, als hätte der Computer seine Ideen aus dem Kopf gelöscht. Anfangs gab er die Schuld dem Mond, dem Wetter, einer Krankheit, der Jahreszeit. Bis er merkte, dass er einfach keine Energie und Ideen mehr zum Schreiben hatte. Früher war er ein Dieb gewesen, durch die Straßen gezogen auf der Suche nach neuen Bildern und Sätzen, seltsamen Worten. Aber irgendwann begann sich die Beute zuhause zu häufen, und ein Dieb, der auf seiner Beute sitzen blieb, war kein glücklicher Dieb. Diese unheimliche Leere. Nur manchmal blitzten Gedanken auf – als wollte ihm sein Gehirn signalisieren, dass doch noch etwas da war, da sein musste – und verschwanden wie aufsteigender Dunst, mit einem ungemein schalen Nachgeschmack. Sein Problem war nicht die Ideenarmut, sondern die Unfähigkeit, Ideen zu verwerten, so, als würde er in einem Laufrad sitzen und staunen, wie hartnäckig er sich um seine eigene Achse drehte. Vielleicht war auch mangelnder Druck der Grund für seinen Zustand, denn er war keinem etwas schuldig und es gab nicht die große Leserschaft, die ungeduldig auf den nächsten Roman des bedeutenden Schriftstellers wartete. Aber war er das überhaupt, Schriftsteller? Gemessen an dem, was er bislang geschrieben und wie intensiv er an seinen Gedichten, Texten, Theaterstücken gearbeitet hatte, zweifelsfrei. Gemessen am Erfolg kaum. Abgesehen von einigen kleinen Preisen nahm kaum jemand Notiz von seinem Schreiben, und die wenigen Interviews, die nach Höhenflügen gemacht wurden, blieben die einzigen. Das war aber kennzeichnend für diesen Betrieb: Kaum wurde ein renommierter Preis verliehen, stürzten sich alle wie Hyänen auf den Preisträger und ließen ihn – wenn nichts Neues folgte – blutleer am Boden liegen. *Noch immer nicht in der Autorenschleimsuppe gelandet und schon verkrückter Bruch-*

pilot. Er hatte diese Textzeilen niedergeschrieben, als er in den Kinderschuhen seines Schreibens steckte, und hoffte damals, dass er die Krücken irgendwann wegwerfen konnte. Jetzt, wo er genügend Zeit gehabt hätte, sich aufs Schreiben zu konzentrieren, brauchte er keine Krücken mehr, war aber mehr denn je Bruchpilot.

Er überlegte, was er tun konnte, um seinen Tag zumindest dem Anschein nach sinnvoll zu gestalten. Sonntage waren unendlich müßig für jemanden, der die ganze Woche lang keiner regulären Arbeit nachging. Man konnte keine günstigen Lebensmittel kaufen, es gab keine vernünftige Zeitung und die Spätabendnachrichten im heimischen Fernsehen wurden wohl aufgrund des Sonntagsfriedens nicht gesendet. Ein asozialer Tag, wie geschaffen zum Schreiben. Am liebsten hätte er ein Taxi genommen, wäre zum Bahnhof gefahren, um in den nächstbesten Zug zu steigen, nur weg, am besten weit weg von zuhause. Aber auch an diesem Abend würde er in seinem Bett schlafen, das war so gut wie gewiss. Er würde im Bett liegen und daran denken, wie er durch die Gassen von Prag oder Paris spazieren könnte, die ersehnte fremde Luft atmend. Ein Text über einen Mann, der sich aus seiner Lethargie herauszuschreiben versuchte und sich damit gleichzeitig in den Wahnsinn trieb, fiel ihm ein. Er hatte ihn vor Jahren geschrieben und zu Beginn nicht im Geringsten daran gedacht, dass sich aus der geplanten Erzählung ein Roman entwickeln würde, für den er keinen Verlag fand.

Er zog die Vorhänge zurück, um den Himmel zu sehen. Dieser schien unschlüssig, wolkenlos oder bedeckt zu bleiben, und seine Unschlüssigkeit ließ ihn warten. Kurz bevor er sich entschloss, aufzubrechen, kam ein starker Wind auf, und alles deutete auf ein herannahendes Gewitter hin. Und wieder eine Stunde, die er untätig verstreichen ließ. Das Gewitter blieb aus, dafür kam die Sonne zum Vorschein, und er gab sich einen Ruck, stieg aufs Rad, ohne zu wissen, wohin er fahren sollte, auf der Suche nach Textimpulsen. Eine Zeitlang hielt er sich neben dem Fluss und bog dann in der Nähe des alten Theaters in eine Seitenstraße, in der Kanalarbeiten vorgenommen wurden. Ein Schild wies darauf hin, dass man Fahrräder zu schieben habe, und er wollte sich der Aufforderung nicht widersetzen. Die Bauarbeiter wirkten gelangweilt; einer lehnte an einem Mast, rauchte und sah in seine Richtung, als ob er zu beneiden gewesen wäre. Er hätte gern mit ihm getauscht, für einen Tag zumindest. Denn am Tag danach wären wohl schon alle Eindrücke verwertet gewesen, und er wäre wieder vor dem Computer gesessen, vor eingestürzten Gedankengerüsten, mit schmerzenden Gliedmaßen und einem fahlen Nachgeschmack. Plötzlich flog ein Schatten über ihn hinweg, durch seine Haare fegte ein Windstoß. Zu spät kam der warnende Ruf eines Bauarbeiters. „Alles in Ordnung?“, rief er ihm zu, und er nickte.

Erst im Weitergehen realisierte er, was soeben passiert war: Um Haaresbreite wäre er von der Schaufel eines Baggers getroffen worden. Um Haaresbreite wäre er nicht mehr jemand gewesen, der durch die Stadt ging, auf der Suche nach Ideen, sondern ein Körper, um den sich nach und nach Menschen versammelt hätten. Betroffene Bauarbeiter. Fotografierende Touristen. Kinder, die unbeantwortet bleibende Fragen an ihre Eltern gestellt hätten. Irgendwann wäre der Arzt eingetroffen und hätte wohl nur noch seinen Tod festgestellt. Seltsam. Nie im Leben hatte er ernsthaft daran gedacht, sich das Leben zu nehmen. Und jetzt, wo er fast von einem metallenen Klotz ausgelöscht worden wäre, ohne die leiseste Vorwarnung, fühlte er einen unabdingbar stärkeren Drang, zu leben. Er ging ins nächste Café und schrieb.

Seltsam, alles aufzuschreiben, was man eben wahrnimmt. So greift man ein Stück Welt auf und erschafft sie gleichzeitig neu am Papier. Aber ich möchte erleben und dann erst Worte dafür finden, nicht umgekehrt. Ich bin kein Bildersammler, der gleich beim ersten Sehen alles in Worte umsetzt, jemand, dessen Wahrnehmung sich aufs Schreiben reduziert. Aber wo kann ich Bilder finden, wenn nicht vor der Haustür? Es ist ein pointillistisches Vermessen von Menschen und Landschaft, mit dem Zweck, später alles in Worten wiederzugeben. Ich schreibe das Drehbuch meines eigenen Lebens, aber ich schreibe nicht über mich, sondern schreibe mich selbst.

Melancholie

Wenn man monatelang erst gegen Mittag aufsteht, wird eine morgendliche Radfahrt zu etwas Besonderem. Acht Uhr vierzig, er fuhr nach der Extraktion eines Weisheitszahns nach Hause, um weiterzuschlafen. Kurz vor der Wohnung, in Erwartung eines endgültigen Durchbruchs der Sonne, die sich noch hinter einer Wolkenwand versteckte, fiel ihm ein, dass er schon länger nicht mehr am Grab seiner Großeltern gewesen war. Da er keine große Müdigkeit verspürte und ihn das schlechte Gewissen gepackt hatte, machte er sich auf den Weg zum Friedhof. Vor einigen Jahren hatte er die Pflege des Grabes übernommen, das seine Eltern bis dahin von einer Firma betreuen ließen. Als er eines Tages gesehen hatte, wie diese Betreuung funktionierte – ein Wagen fuhr bis vors Grab, ein Mann sprang herunter und grub zwei Blumenstöcke in die Erde, bevor er weiterfuhr – hatte er entschieden, in Zukunft selbst Hand anzulegen.

Er schloss die Augen und fuhr sekundenlang blind gegen die Sonne. Die Eindrücke reduzierten sich auf den Stress des Nicht-Stürzens, und er war froh, den Friedhof lebendig zu erreichen. Beim Eingang kaufte er Chrysanthemen und Kerzen, und während er den Asphaltweg entlang zum Grab ging, dachte er an Nelly. Fast im selben Atemzug war er in Prag. Er sah sich in der Altneu-Synagoge, wo er durch ein Fenster fotografierte, verbotenerweise. Stimmen holten ihn zurück. Eine Frau stand mit zwei Kindern vor einem frischen Grab, auf dessen Holzkreuz das Foto eines Mannes angebracht war. Eines der Kinder klaubte Eicheln vom Boden auf und steckte sie in die Jackentasche. Das Grab war übersät mit Kränzen und Blumen, und die Sonne hinterließ aderfeine Spuren darauf. An Orten wie diesen schien der Tod idyllischer als im sterilen Klinikbereich oder im Leichenschauhaus. Seltsam. Unter so vielen Toten ging ihm Nelly mehr ab als vor der Friedhofsmauer, und plötzlich hatte er Angst, sie zu verlieren. Hier, wo sie eines Tages ruhen konnten – ‚Entschlafen in seliger Liebe'.

Das Grab seiner Großeltern war in einem erstaunlich guten Zustand. Er säuberte den Grabstein, entzündete die Kerzen und pflanzte die Chrysanthemen tief in die Erde, damit sie dem Vergessen entgegenblühen konnten. Am Rückweg beobachtete er einen Mann, der vor einem verfallenen Grab stand, lachte oder weinte, mit sich redete und Unkraut aus der Erde zupfte. Eine alte Frau kam ihm entgegen und schob ihr Krankenbett vor sich her. Vor dem Kriegerdenkmal hielten für die Heimat Gefallene heldenhaft Ehrenwache. Bei der Friedhofsmauer, die auffallend hoch war, durchschritt er die Pforte ins Reich der Lebenden und fuhr zurück in die Wohnung, sein Grab, in dem jede Fantasie verendete. Zurück in die Brutstätte der Einfallslosigkeit. Erst jetzt merkte er, wie müde er war und legte sich, nachdem er die Friedhofserde aus den Fingernägeln gebürstet hatte, ins Bett.

Am Nachmittag besuchte er ein Seminar auf der Universität. Obwohl ihn das Thema interessierte, war er abwesend und konnte sich kaum konzentrieren. Eben ging ein Gewitter nieder, und während die Regentropfen immer heftiger gegen die Scheiben pochten, fragte er sich, warum so viele Studierende während der Seminare ihre Münder geschlossen hielten, als wären sie von Geburt an stumm, und ihm schien, als würden sie nur studieren, um sich unter anderen Stummen und Schweigenden geborgen zu fühlen. War es die Angst, sich lächerlich zu machen? Oder ein einziges kollektives Desinteresse – denn Studierende mussten doch die gröbsten Schamgefühle, sich zu artikulieren, bereits abgelegt haben. Was waren das für Menschen, die, wenn sie es überhaupt so lange aushielten, neunzig Minuten schweigend im Raum saßen, in die Luft starrten, von Zeit zu Zeit heimliche Blicke auf ihre Handys warfen oder SMS schrieben, scheinbar immer mit der Angst, der Professor könne sie dabei entdecken? Und doch verspürte auch er an diesem Tag nicht die geringste Lust, seinen Mund aufzutun und sich ins Geschehen einzubringen. An diesem Tag war er einer von ihnen. Unheimlich ruhig saßen die Studierenden im Raum. Der Professor redete schwerer als gewohnt, und während der langen Pausen zwischen den Sätzen wusste man nicht, ob er weiterreden, nur nach Luft ringen oder einschlafen würde. Worte strömten aus seinem Mund, verteilten sich im Raum und wurden geschluckt, weggepustet, ignoriert. Jemand hustete. Ein anderer nieste. Der Wind rüttelte an den Jalousien, während der Professor die Tafel beschrieb. „Sollen wir das abschreiben, kommt das zum Test?“, fragte eine Studentin aus der ersten Reihe.

Er blickte nach draußen. Das Bild einer Amsel im verfärbten Efeu. Der Gedanke an Flucht vor dem Leben hinter Glas. Die Amsel zupfte an den letzten vorhandenen Blättern, vielleicht litt sie an Sehschwäche und hielt das Rot für Beeren. Kurz hob sie ihren Kopf und schaute in seine Richtung, als ob sie ihn sah und unendlich bemitleiden würde. Die aufkommende Lust nach dem Wachsen von Federn. Gedanken an Ikarus. Sein Stift setzte sich in Bewegung.

Die Amsel im Rot
hält still.
Ein Traumvermesser
hinter dem Fenster
hebt seinen Stift:
Herbst,
federleicht?

In seinen Gedanken stieg ein Flugzeug in rötliche Wolkengebilde. Rumoren. Triebwerkschaden. Ein Student, seinem entstellten Gesicht nach Mitglied eines Säbelrasselclubs, begann zu monologisieren, als hätte er die Zeit gepachtet. Die Zeiger der Wanduhr schienen zu gähnen. Er beobachtete eine junge Studentin neben sich, die in einem Reisekatalog über Südostasien blätterte, und fragte sie unversehens, ob sie allein reisen werde oder Begleitung suche. Nach sekundenlangem Schockzustand drückte sie ihm den Katalog in die Hand, und er verließ den Raum und flüchtete in den Süden. Mit wachsendem Interesse las er einen Bericht über den Theravada-Buddhismus, der in ganz Südostasien verbreitet war und sich dadurch auszeichnete, dass seine Anhänger keine Bewegung nach außen machten, weil diese von einem selbst wegführe. Wie viele Professoren dieser Religion geistig sehr nahe stehen mussten. Er gab den Katalog der Studentin zurück, die ihn wortlos wegsteckte. Der Professor öffnete das Fenster, die Amsel, die noch immer im Efeu saß, schimpfte laut auf und flog himmelwärts. Achtundzwanzig Minuten blieben noch, bis seine Türe in die Freiheit geöffnet wurde.

Dann war es soweit. Am Heimweg traf er David und ging mit ihm in ein Café. Seine neue Bekanntschaft hatte sich als Schlag ins Wasser erwiesen, da sie, wie sich später herausstellte, mit ihrer Freundin eine Wette abgeschlossen hatte, an jenem Abend einen Mann kennenzulernen und sich bis vor die Haustür begleiten zu lassen und keinen Schritt weiter. Sie hatte gewonnen, David seine Hoffnung auf eine neue Beziehung verloren. Er versuchte, ihn aufzubauen und ihm gut zuzureden und merkte bald, dass er nicht überzeugte. So unterhielten sie sich über die Menschen im Café, die lahmende Universität und das schlechte Wetter und verabschiedeten sich bald.

Kurz vor sieben rief Nelly an. Sie telefonierten lange und verabredeten sich für den nächsten Tag. In der Nacht wachte er mit dem Geschmack von Blut im Mund auf und hatte augenblicklich die Befürchtung, dass die Wunde aufgebrochen war. Er ging ins Bad und kontrollierte die Mundhöhle. Zu seiner Erleichterung war nur wenig Blut zu sehen, doch die Schmerzen strahlten so stark in den Kopf aus, dass er ein Medikament einnahm, ein wenig im Zimmer herumging und sich schließlich wieder ins Bett legte. Nach einer halben Stunde im Dunkel schaltete er das Licht an, nahm Kafkas Tagebuch zur Hand und blieb bei einer Eintragung hängen:

Gestern unfähig auch nur ein Wort zu schreiben. Heute nicht besser. Wer erlöst mich? Und in mir das Gedränge, in der Tiefe, kaum zu sehn. Ich bin wie ein lebendiges Gitterwerk, ein Gitter, das feststeht und fallen will.

Er las die Stelle mehrmals und markierte sie dann, da er sie in einen Text einbauen wollte. Auch sein eigenes Gefühl von Leben glich einem Gitter, das fallen wollte, oder vielmehr einem Gitterkäfig. Er war ein freier Gefangener, konnte an allem teilnehmen und den Käfig jederzeit verlassen, da die Gitterstangen meterweit auseinander standen. Er war ein Gefangener seiner Untätigkeit und sein eigenes Gefängnis zugleich. Und doch dachte er nur an eins: Aufbruch! Beim Weiterlesen verspürte er starke

Sehnsucht nach Prag. Er ging ins Wohnzimmer und zog einen Bildband über die Stadt seiner Träume aus dem Bücherschrank. Bald schon würde er wieder dort sein, daran bestand kein Zweifel. Was offen blieb, war die Frage, ob mit oder ohne Nelly. Als er im Buch blätterte, fiel ein Zettel heraus. Es war eine längst verloren geglaubte Skizze zu einem Text, und er freute sich einen Moment lang wie ein Kind über das Wiederentdeckte. In der Skizze ging es um einen Jugendlichen, der bemerkte, wie er durch seine Gedanken andere Menschen beeinflussen, bald auch steuern konnte. Anfangs überrascht und begeistert von seiner Fähigkeit, setzte sich rasch die Erkenntnis durch, dass er es selbst war, der sich gegenüberstand, und nicht mehr die anderen. Und er begann, die Menschen wieder frei von seinem Einfluss denken zu lassen. Die Idee kam ihm nun ungemein platt und konstruiert vor, und er zerriss den Zettel und warf die Teile in den Papierkorb. Nichts dergleichen sollte der Nachwelt erhalten bleiben. Da er kein bisschen müde war, arbeitete er am Entwurf für seinen neuen Roman weiter. Er dachte an David, der ihn gefragt hatte, wie man an einem Roman schreiben könne, wenn man nicht im Geringsten dazu motiviert sei und sich in einer Schreibkrise befinde. Vielleicht hatte er Recht. Vielleicht war es kein sinnvolles Unterfangen, zumal er auch gar keine Lust verspürte, sich auf das neue Vorhaben einzulassen. Aber was blieb ihm anderes übrig, als es zumindest zu versuchen. Er skizzierte eine Szene, in der Nelly eine tragende Rolle spielte:

Erste Trennung – Eltern. Abendessen – Stammeln von Verschiedenheit und Auseinanderleben. Wäre ich in dieser Nacht nicht bei ihr geblieben, sondern nach Hause gefahren, hätte sich wahrscheinlich eine nur schwer überwindbare Kluft zwischen uns aufgetan. Trennung? Die Gespräche bis sechs Uhr morgens führten uns wieder zusammen.

Tags darauf stand er am Bahnsteig und wartete auf Nelly. Eine Frau ging dicht an ihm vorüber, wirkte verwirrt und redete mit sich selbst. Er ging ihr einige Schritte nach, um zu hören, wovon sie redete. Dann erst merkte er, dass sie ein Freisprechgerät verwendete, was sein Bild von einer Nervenheilanstaltsinsassin relativierte. Der Zug fuhr ein und spuckte Menschen aus. In der pulsierenden Menge konnte er Nelly zuerst nirgendwo sehen, entdeckte sie dann aber neben einem älteren Herrn, mit dem sie sich unterhielt. Er ging auf die beiden zu, umarmte sie und wollte sie küssen. Nelly wich aus.

Als sie im Auto saßen, bat sie ihn, vor einer Blumenhandlung zu halten, da sie für den Geburtstag ihrer Großmutter ein Geschenk besorgen wollte. Mit einem riesigen Strauß in den Händen kam sie zurück.

„Der hat sicher mehr gekostet, als deine Oma alt ist!", sagte er und fuhr los.

„Stört es dich?"

„Ach, komm. Aber es schaut wirklich nach einer Großinvestition aus."

„Lass das bitte. Ich muss mich nicht immer von dir zurechtweisen lassen."

Was folgte, war zehnminütiges Schweigen. Erst vor der Wohnungstür bat ihn Nelly, ihr bei der Suche nach dem Schlüssel zu helfen, der sich schließlich in ihrer Tasche fand. Der Abend verlief kühl und wortlos. Am liebsten hätte er Nellys Kopf umgestülpt, um zu sehen, was sich hinter ihrem Verhalten verbarg.

„Warum bist du so abweisend heute?", fragte sie später, und er verbiss sich zu sagen, dass sie der Grund dafür war. Dann aber rutschte ihm doch etwas heraus, was er umgehend bereute, und wieder kam es zum Streit. Mit jedem Folgesatz entfernte sich Nelly ein Stück von ihm; mehrmals musste er daran denken, die Beziehung auf der

Stelle zu beenden. Er hasste diese Konfrontationen, die oft im Unerklärlichen begannen und sich im Unendlichen verloren und so zielführend waren, als hätte man eine Kuh in eine Legehennenbatterie gesteckt. Ihm schien, als würde Nelly auf die kleinste Möglichkeit warten, um ihn anzuspringen und sich an seinen Worten festzukrallen, nur um im Nachhinein festzustellen, dass sie unschuldig und er der Urheber allen Übels war. Dann kam die Versöhnungszeremonie, ein paar Tränen und Küsse besiegelten das oberflächliche Vergessen. Doch obwohl einer von ihnen einzulenken versuchte, flammte der Brand von neuem auf, Pyromanen unter sich.

„Du bist ein Sturkopf", sagte Nelly, als sie schon im Bett lagen. „Aber ich habe dich trotzdem lieb!"

In der darauf folgenden Stille hatte er plötzlich das Gefühl, den Antwort-Code nicht mehr über die Lippen zu bringen. Kein „Ich dich auch" diesmal, sondern anwachsende Unsicherheit. Die Liebes-Bezeugung schien ihm mehr denn je als Litanei.

„Jetzt erkläre mir endlich, was los ist", sagte er und sah sie fordernd an. „Ich kann nicht einschlafen."

„Du denkst also wieder rational?"

„Mag sein."

„Gut. Damit ist die Sache sowieso klar."

Stille. Er hatte keine Lust mehr, irgendein Wort zu sagen. Er stand auf, ging ins Nebenzimmer, schloss die Tür hinter sich und räumte das Geschirr vom Abendessen weg. Dann stellte er sich im Dunkel ans Fenster und zog den Vorhang zurück. Was mochte in diesem Moment in den Zimmern gegenüber vor sich gehen? Der Blick durchs Fenster war wie der Blick in ein geöffnetes Buch. Hinter den vorgezogenen Vorhängen und heruntergelassenen Jalousien konnte gerade eine Beziehung beendet oder ein Mord verübt werden. Zwei konnten sich wortlos gegenübersitzen, streiten oder miteinander schlafen, einem Kind das Leben schenken. Ein Einsamer konnte durch einen Vorhangspalt blicken, in seine Richtung, mit ähnlichen Gedanken. Im Block gegenüber saß ein weißhaariger Mann am Tisch und schrieb. Er saß dort Tag für Tag, immer um dieselbe Zeit, bis tief in die Nacht. Was mochte er festhalten? Seinen Tagesablauf? Seine Memoiren? Er sah sich selbst an einem Schreibtisch sitzen, mit weißen Haaren, und stellte sich vor, jemand würde ihn von einem gegenüberliegenden Fenster aus beobachten und sich ähnliche Gedanken machen.

Sein Blick fiel auf eine Wohnung, in der er noch nie jemanden gesehen hatte. Nur der Fernseher lief Tag und Nacht, Stunde um Stunde, als müsste er eine Flut an Bildern in die menschenleere Wohnung bringen. Er stellte sich vor, ein mumifizierter Toter würde am Boden liegen und rund um die Uhr vom Fernseher bestrahlt werden. Eine Zeitungsmeldung aus den Vereinigten Staaten fiel ihm ein, wo ein Todesfall erst dadurch bemerkt wurde, dass die Weihnachtsdekoration vor dem Haus noch im Sommer leuchtete.

Eine kalte Hand legte sich auf seinen Nacken.

„Na, mein Voyeur?“, sagte Nelly.

„Ich suche eine gute Szene“, sagte er wie zur Rechtfertigung und zog ihre Hand auf seine Brust. Eine Weile standen sie stumm am Fenster und betrachteten gemeinsam die Häuser.

„Würdest du es mir eigentlich sagen, wenn du etwas mit einer anderen Frau hättest?“, fragte Nelly plötzlich in einer Tonlage, als hätte sie die normalste Frage der Welt gestellt.

„Wieso meinst du?“

„Jede Freundin erzählt mir zurzeit Horrorgeschichten über Männer. Ich frage mich, ob ich manchmal nicht einfach zu naiv bin.“

„Ach, komm, du bist nicht naiv. Und gegen das andere kann man – das wäre sowieso nur verschwendete Zeit!"

Sie zog ihre Hand weg.

„Ich habe auch gute Gründe, zu fragen!"

„Bist du deswegen so seltsam heute? Ich würde mir wirklich nicht alles zu Herzen nehmen, was deine Freundinnen über Männer verbreiten. Das ist doch reine Hysterie."

Nelly schwieg, und er dachte an seine Idee. Den Mann, der beschloss, sein Leben einem radikalen Wandel zu unterziehen. Der neue Impulse für sein Schreiben suchte, provozierte, sich bewusst Gefahren auslieferte und schließlich sogar seine Beziehung aufs Spiel setzte. Als er David davon erzählt hatte, verglich dieser seine Idee mit einem Fisch, der die Vorzüge vom Land kennen lernen wollte.

Durchs Fenster drang der Lärm eines Motorrads. Brummen, Stimmen, Ruhe. Er wäre jetzt gerne neben einem Menschen gestanden, der einfach nur glücklich war und den er liebte.

„Habe ich dir schon von meinem neuen Projekt erzählt?", fragte er, und sie schüttelte den Kopf.

„Interessiert es dich?"

„Erzähl es mir bitte morgen. Ich bin heute einfach nicht mehr aufnahmefähig."

„Was ist los?", fragte er, als sie nebeneinander lagen.

„Was soll sein?"

„Ich habe das Gefühl, dass etwas nicht stimmt."

Nelly drehte sich auf den Rücken und öffnete ihre Augen.

„Weißt du, ich habe manchmal Angst, hintergangen zu werden", sagte sie.

„Und was habe ich damit zu tun?"

„Du verstehst schon."

„Nein, wieso? Das hört sich an, als würde dich etwas verunsichern."

„Habe ich einen Grund dazu?"

Rückblick. Der Küstenweg. Ginsterbüsche und eine Abendstimmung überm Meer, die er mehrmals beschrieben hatte. Es war lau, und sie gingen zurück zum Hotel, um sich dort zu lieben.

„Der Protagonist in meinem Roman lernt zu Beginn eine Frau kennen und verliebt sich in sie, obwohl er eine Freundin hat. Er macht das, weil er die Emotion zum Schreiben braucht. Kannst du dir vorstellen, dass etwas daraus wird?"

„Du hast mir nicht verraten, wie du deine Idee umsetzen willst. Und das Ganze kommt mir – sei mir nicht böse – ein wenig klischeehaft vor." Nelly legte ihre Hand auf seinen Bauch und begann, ihn zu streicheln. Er atmete tief durch und spannte die Bauchdecke an.

„Du kannst es ja versuchen", meinte sie dann. „Gib mir ein paar Seiten, wenn du möchtest. Ich würde aber noch einmal darüber schlafen."

„Das werden auch keine Figuren aus meinem Leben, sondern Romanfiguren sein."

„Bist du schon müde?", fragte sie und gähnte.

„Nein. Wir haben Vollmond heute." Nach einem Kuss drehte sie sich zur Seite, und er knipste das Licht aus. Im Dunkel war er zuerst blind und konnte erst nach und nach Konturen erahnen.

„Schläfst du schon?", fragte er nach einer Weile.

„Ich habe nachgedacht."

„Worüber?"

„Weiß ich nicht", sagte sie, „ich bin ... müde ..."

Kurz darauf: gleichmäßige Atemzüge. Er hätte gern noch ein paar Worte mit Nelly gewechselt, über das Buch, ihre

Reaktion von vorhin. Aber sie war schon weit weg von all dem. Lange suchte er nach einem Namen für ihr Spiegelbild im Roman und gab ihr den Namen Cora. Vorsichtig ließ er seine Finger über Nellys Wange gleiten, die ganz heiß war, und zog die Decke über ihre entblößte Taille. Ihr ganzer Körper war ungewöhnlich warm, fast so, als ob sie Fieber hätte. Während seine Finger über ihren Hals glitten, sah er seine Romanfigur, die an dieser Stelle innehielt und daran dachte, so fest und lange zuzudrücken, bis kein Laut mehr zu vernehmen war.

Ein Tag wie kein Tag

Das Herbstwetter brachte Müdigkeit mit sich. Er schlief länger als sonst, fühlte sich träge und unwohl, schrieb wenig, und wieder nistete sich jener Zustand ein, der ihm schon im Vorjahr zur selben Zeit Energien geraubt hatte: Herzrasen, Schwindel, Bronchitis. Es war, als hätte das Gehirn signalisiert, dass es so nicht weitergehen könne. Womöglich rächte sich jetzt sein Körper für das jahrelange nächtliche Wachbleiben und übersah, dass er sich damit selbst ein Ei legte. Vor einigen Tagen hatte ihm sein Vater erklärt, dass man durch Nachtarbeit zu Magenbeschwerden und Depressionen neige. Das sei halb so schlimm, hatte er geantwortet, es gäbe ernstere Künstlerkrankheiten. Und musste sich dabei auf die Lippen beißen. Er wartete nur darauf, dass er mit einer schweren Krankheit ins Spital eingeliefert wurde, um sich dort Moralpredigten anzuhören, mit einem Schlauch im Mund. Am Sterbebett versammelten sich dann die Hundertschaften von Anklägern und hielten ihm vor, was er in seinem Leben alles anders und besser hätte machen können. Gut, er hätte. Aber er hatte sich eben anders und für sein eigenes Leben entschieden, nicht für den Konjunktiv.

In seinem Körper stauten sich Aggressionen, negative Energien oder nur Föhnturbulenzen. Am liebsten wäre er nach draußen gegangen, um zu Joggen oder Rad zu fahren, bis seine Pulsuhr Alarm geläutet hätte. Aber er blieb sitzen und dachte daran, wie es wäre, nach draußen zu gehen und zu Joggen oder Rad zu fahren. Es war wieder einer jener Tage, der nicht mehr war als ein einziger Leerraum zwischen Morgen und Abend. Drei Uhr. Mittagessen. Fünf Uhr. Grüntee. Schreibversuche. Zwei Anrufe von Freunden. Ein Lavendelbad. Nachrichten um halb Acht. Abendessen. Einbruch des dunklen Königreichs. Warten. Bauchschmerzen, homöopathische Tropfen. Warten auf Besserung.

Dann saß er im Finstern vor dem Computer, nur seine Eulenlampe spendete ein wenig Licht und warf Buchstabenähnliches an die Wand, das aussah wie V D oder W D. Warte, du! Weh dir! Wenig Dynamik. Die Zeit verflog, schon war es drei Uhr nachts, und er wurde das Gefühl nicht los, dass gleich der Morgen über die Stadt hereinbrechen würde. Er starrte in die orange leuchtenden Eulenaugen und fühlte sich leicht hypnotisiert. Kein Geräusch von draußen. Nur die Augen der Porzellaneule, die ihn anstarrten.

* * * *

Diese Zeilen liegen mir ferner als je gedacht, da mir die Fähigkeit abhanden gekommen ist, so viel zu schreiben, wie ich es für notwendig halte. Es fällt mir schwer, zu begründen, warum ich mit diesem Buch beginnen möchte, da ich dafür keine andere Erklärung habe, als dass es sich existenziell nicht vermeiden lässt. Das Nicht-Schreiben käme einer Kapitulation vor mir selbst gleich. Ich sehe einen Schriftsteller, der mich anblickt und zum Schreiben auffordert. Der schon viel zu lange an mir zweifelt und dem ich viel zu wenig entgegenzuhalten habe. Aber wann sollte ich sonst mit dem Roman beginnen, wenn nicht jetzt, im Heute, wo meine Beziehung zu Cora einen Tiefpunkt erreicht hat und ich nicht weiß, wie lange ich so noch weitermachen kann und möchte. Ich will Cora beschreiben, wie sie ist, wie ich sie sehe, ohne sie zu verletzen oder ihr zu nahezutreten. Sie ist mein literarisches Material und soll davon erfahren, irgendwann. Aber ich möchte auch mich beschreiben, wie ich mich sehe, um mir nahezutreten und mir einen Spiegel vorzuhalten, der nicht blind ist.

* * * *

Er schrieb über zwei Stunden, knipste dann die Schreibtischlampe an und lehnte sich in den Sessel zurück. Vor ihm lagen vier ausgedruckte Textseiten. Sonst gab es nichts Schreib-Relevantes, hier, wo er saß. Ein Stoß unbeschriebener Blätter. Eine halbleere Kekspackung neben einem Glas Rotwein. Eine Mücke, die immer wieder gegen die Glühbirne flog, auf den Boden fiel, sich wand und erneut aufstieg.

* * * *

Es ist heiß, und der Ventilator surrt gegen die Wärme, unwissend, dass er wenig dagegen ausrichten kann. Ich taste Coras Oberarm mit meiner Zunge ab. Die Haut schmeckt salzig. Ich überlege, wie ich den Vorgang beschreiben und für den Roman verarbeiten kann, und mir fällt der Satz ‚Ihre Haut verströmte den Geruch einer verblühten Liebe' ein, den ich sogleich niederschreibe.

Als sie mich fragt, was ich aufgeschrieben habe, erzähle ich ihr etwas von einer Notiz für eine bevorstehende Erledigung. Ich schließe die Augen und denke daran, neben einer Frau zu liegen und einzuschlafen, die Erinnerung heißt. Da sind Berührungen, die nicht mehr unter die Haut gehen. In den letzten Wochen habe ich öfters an einen neuen Menschen in meinem Leben gedacht, an ein Leben ohne Cora, und festgestellt, dass ich keine Lust verspüre, eine neue Beziehung einzugehen. Ich weiß nicht einmal, ob ich bereit wäre für eine neue Liebe, vielleicht muss ich auch einfach nur allein sein, eine Zeitlang zumindest. Aber ich suche nichts Spektakuläres, keine Krebserkrankung, keinen Autounfall, keinen komatösen Zustand von Cora, um diesen Roman zu schreiben und voranzutreiben. Ich begnüge mich mit dem Wenigen, das vorhanden ist, und versuche nicht, ihm einen falschen, verlogenen Glanz zu verleihen.

* * * *

Jetzt, wo ihn die Nacht vervielfältigt hatte und die Vögel immer aufdringlicher zwitscherten, legte er sich mit dem Notebook ins Bett. Er schrieb, bis seine Finger bleischwer waren, und stellte den Wecker mit letzter Kraft auf zwölf.

Kurz vor sieben wachte er auf und konnte nicht mehr einschlafen. Er stellte sich vor, durch das fast geschlossene Fenster zu dringen und noch vor den Scheiben zu schweben, die Arme ausgebreitet, mit gewölbtem Bauch, rückwärtsgebogenen Beinen, wie die Figuren auf dem Vorderbug der Schiffe in alter Zeit. Er blieb im Bett, las Teletext, schaltete sich durch die Programme und zwang sich dann, aufzustehen. Zum Frühstück gönnte er sich Bachs Brandenburgische Konzerte in gehobener Lautstärke. Aber selbst sie schafften es nicht, seinen Körper in Schwingung zu versetzen. Die neuesten Nachrichten liefen über den Bildschirm: Bombenanschlag in der Türkei, Ermordung eines englischen Diplomaten in Athen, Kriegsgräuel im Kongo. Neue Geiselnahmen auf den Philippinen, weitere Massengräber in Spanien. Murenabgänge, Autounfälle, Ausschreitungen von Hooligans, Raketentests, Streiks, Demonstrationen, Überfälle, Morddrohungen, Todesfälle, ins Hundertfache potenziert. Immerhin zeichneten die Nachrichten ein so dramatisches Weltbild, dass ihm der Frühstückskaffee besser als sonst schmeckte, da er sich in Sicherheit wähnte. Er goss den Rahm in die Tasse, und in Zeitlupe bildeten sich verschiedene Muster auf der Kaffeeoberfläche. Bilder tauchten auf: das Gesicht einer Frau mit Nellys Zügen, ein Soldat mit abgerissenem Bein, ein Spiralnebel, der ihn zurückführte nach Prag. Dann wieder die Motorik. Das eingelernte Umrühren des Rahms im Kaffee. Automatisches Handheben. Ein Schluck nach dem andern, dazwischen das Abbeißen vom Brot. Kauen, gründlich und langsam. Das Runterschlucken des Weichgekauten. Ebenso gut könnte er im Fernsehen Werbung machen, anstatt hier zu sitzen

– hier, wo er soeben den Mann im Fernseher betrachtete, der die Kaffeetasse hob und von seinem Brot abbiss.

Nach dem Frühstück versuchte er, David am Handy zu erreichen, hörte aber nur dessen elektronische Stimme. Thomas und Judith hatten ihre Handys abgeschaltet. Er hatte keine Lust, allein spazieren zu gehen, und nahm sich vor, am Roman weiterzuarbeiten. Der Bildschirm blieb weiß. Als fallende Herbstblätter darauf erschienen, streifte er sich seine Jacke über und fuhr mit dem Rad in die Altstadt, um anstehende Dinge zu erledigen. Mit zahlreichen Abbremsmanövern suchte er sich einen Weg durch die Schar von Touristen. Es war föhnig, und die meisten Menschen waren viel zu warm angezogen, als hätten sie nicht mehr an die Rückkehr der Sonne geglaubt. Stolz trug er sein T-Shirt zur Schau. In einem Reisebüro besorgte er sich Prospekte über Zugreisen nach Prag und suchte anschließend ein Möbelgeschäft auf. Während ihm die Verkäuferin die Vorzüge eines Polsters mit integrierten Luftkammern und Magneten einzureden versuchte, hörte er im Radio eine Meldung über Angriffe auf die Vereinigten Staaten. Wenig später, in einem anderen Geschäft, der Satz eines jungen Verkäufers mit funkelnden Augen: Das ist kein Spaß mehr, das ist Krieg. Krieg! Beim Weitergehen hatte er das Gefühl, die ganze Stadt würde sich bereits in Kriegsstimmung befinden. An jeder Ecke wurde von dem Angriff geredet, und die Leute schienen von einer spürbaren Angst ergriffen, als stünde das Ende der Welt bevor. Rascher als sonst fuhr er nach Hause und schaltete den Fernseher ein. Die ersten Bilder zeigten verstörte Gesichter. Dann die Übertragung eines New Yorker Wolkenkratzers in Flammen. Sekunden später krachte ein Flugzeug in den Turm. Schreie von Leuten neben dem Kameramann. Close-ups. Erst jetzt merkte er, dass es eine Wiederholung von bereits Geschehenem war. ‚*Wir wissen noch nicht, ob es sich um einen terroristischen Akt oder einen Unfall handelt*', stammelte der Sprecher. Er wechselte den Sender und schaltete auf CNN. Dieselben Bilder, nur noch länger eingeblendet und mit einer Laufschrift versehen: ,*Burning Twin Tower, maybe thousands of people injured or dead*'. Der Berichterstatter wirkte aufrichtig geschockt. Das war nicht die altbekannte Souveränität, wenn über den Krieg in Somalia, Massaker oder neue Epidemien mit tausendfachem Leid und Tod berichtet wurde. Wenn irgendwo in Afrika dreizehn Millionen Menschen von einer Hungerkatastrophe betroffen waren, hatte die Sprecherstimme denselben Tonfall, mit dem sie ein Steuersenkungsmaßnahmenpaket der Regierung bekannt gab. Aber jetzt war eine wirkliche Betroffenheit zu spüren, die man sonst höchstens von Berichterstattungen über das Live-Drama eines Kleinkinds im Brunnenschacht oder ähnlichem kannte. ,*Oh no, no, no!*' Durchs Teleobjektiv wurde auf ein Flugzeug gezoomt, das in den noch intakten Zwillingsturm raste. Ein Feuerball schoss aus dem Gebäude. Draußen fuhr die Rettung vorüber, und noch immer schien die Sonne.

Allmählich mehrten sich Hinweise, dass es sich um einen Terrorangriff handelte. Bilderschwemme: Massaker von US-Soldaten an Zivilisten in Vietnam, Napalm ohne Mitgefühl. Ein rauchender Twin-Tower. Amerikas Unterstützung faschistischer Todesschwadrone. Menschen, die sich aus den Fenstern der Hochhäuser stürzten, um ihr Leben nicht den Flammen zu opfern. Kinder, Babys, die aufgrund von Bomben amerikanischer B52-Bomber aus den Ohren verbluteten, als Akt verlautbarter Legitimität. Er fragte sich, was das für eine Nation sei, die im eigenen Land die Todesstrafe für angebracht hielt und Hinrichtungen in anderen Ländern kritisierte, wenn es einen eigenen Staatsbürger traf. Die versehentlich Krankenhäuser und Medizinfabriken in die Luft sprengte, Bomben über den Köpfen seiner

Belgrader Freunde abwarf mit dem Vorwand, es würde im Auftrag der Menschlichkeit gehandelt. Dann tauchten New Yorker Liftboys auf, Büroangestellte, Manager.

Er packte seine Sachen aus dem Supermarkt aus, die Scholle war bereits aufgetaut. Dann legte er sich mit dem neuen Luxuspolster auf die Couch und stellte den Ton lauter. Zwischen den Programmen hin- und herschaltend, sah er Menschen, die live aus dem Wolkenkratzer sprangen, eine kleine Bärenfamilie, verrußte Feuerwehrmänner, fassungslose Gesichter, eine amerikanische Sitcom. Ein erneuter Aufschrei: Einer der Twin-Towers stürzte in sich zusammen. Eine riesige Staubwolke wirbelte durch die Straßen, ein Fotograf wurde gefilmt, der der Bedrohung standhielt und erst im letzten Moment Zuflucht hinter einem Auto suchte. Beim Weiterschalten hatte sich die Bärenfamilie verabschiedet und wurde vom Blick auf das staubbedeckte Manhattan abgelöst. ‚*This is a day unlike any other*', sagte der Sprecher auf CNN. Präsident Bush, der von einer nationalen Tragödie sprach, redete leicht aus seinem sicheren Bunker heraus, und irgendwie wurde er das Gefühl nicht los, seine Fassungslosigkeit würde eher der entjungferten Unverwundbarkeit seines Landes gelten als den Toten und Verletzten. ‚*Dieser Tag wird unsere Welt verändern*', verlautbarte der Sprecher eines anderen Kanals, und zwischendurch überlegte er sogar, den Fernseher abzuschalten und in die Stadt zu fahren, um zu sehen, wie verändert die Menschen durch die Straßen gingen. Aber er ahnte, etwas Wichtiges zu versäumen, und blieb auf der Couch sitzen. Innerhalb kurzer Zeit stürzte auch der zweite Turm zusammen und eine weitere Maschine verfehlte ihr angebliches Ziel. Auf mehreren Sendern gab es bereits kurz nach dem Anschlag Intros und Signations mit Titeln wie ‚*Terror – Krieg gegen USA*' oder ‚*America under Attack*'. Ein in die Luft gesprengter Mythos schien den Medien ein willkommenes Thema zu sein.

Am nächsten Morgen wachte er mit einem seltsamen Gefühl auf, einer Mischung aus Betroffenheit, Beklemmung und Verärgerung. Seit gestern war also die Welt verändert und würde nichts jemals wieder so sein, wie es war. Überall horchte man jetzt verstärkt auf die Reden des amerikanischen Präsidenten, der über den weiteren Verlauf des Weltgeschehens urteilte. Krieg oder Frieden, zweites ausgeschlossen. Im Fernsehen häuften sich Berichte über geplante Vergeltungsaktionen. Panzer wurden gezeigt, Jets und durch den Sand robbende Soldaten mit einer Ausrüstung, die einer Sammlung aus allen je produzierten Science-Fiction-Filmen glich. Todesmaschinen wurden zu eleganten Kampfjets, die sich im ersten Morgengrauen unter pathetischer Musikunterstützung in die Lüfte erhoben. Es schien, als würden einige Sender damit spekulieren, allein durch die Ausstrahlung ihrer Bilder einen unsichtbaren und noch nicht näher definierten Feind zur Kapitulation zu zwingen. Der Präsident der Präsidenten sprach von „unserem Volk", und er fragte sich, welche Amerikanerin und welcher Amerikaner sich von seiner Heilsbotschaft betroffen fühle und wer dadurch betroffen war. ‚*We have the sovereign authority.*' Seine Stirn, in starke Runzeln gelegt. Darüber die Dornenkrone. Schon begann der Dornbusch zu brennen, und er schaltete den Fernseher auf Stand-by und begann zu schreiben.

Neblina

* * * *

Anfangs nur verstreute Gedanken. Dann meine Worte, in dem Wissen, dass sie alles falsch verstehen könnte. Ich betrachte Cora neben mir, im französischen Bett: T-Shirt, Strümpfe, ihr Kopf auf meine Brust gebettet, sodass sie meinen raschen Herzschlag vernehmen kann. Vorsichtig beginne ich, von meinem Vorhaben zu erzählen, erkläre, dass sie ein Teil meines Buches wird und lasse sie teilhaben an meiner Welt, die ich ihr bislang verschwiegen habe. Sie zögert mit einer Antwort und sieht mich ungewohnt lange an.

* * * *

„Sag doch einem Aidspatienten, Glück für dich, nicht an Ebola erkrankt zu sein."

David sah ihn verwundert an. Eben noch hatten sie sich über seine Beziehung unterhalten, und David hatte versucht, für Nelly ein gutes Wort einzulegen und von einem einstweiligen Tiefpunkt gesprochen, der rasch sein Ende finden würde.

„Ich wollte damit nur sagen, wie sinnlos es oft ist, Probleme zu relativieren", präzisierte er. „Einem Betroffenen wirst du damit nicht helfen. Das sind Worthülsen, und was bleibt über davon?"

„Ich würde es trotzdem noch einmal versuchen. Das bist du Nelly doch auch irgendwie schuldig."

Obwohl er David nicht Recht geben wollte, da er Nelly gegenüber keine Schuldigkeit empfand, dachte er im Weitergehen daran, ob eine Trennung von ihr nicht doch überstürzt kam und er sich zu wenig für die Beziehung einsetzte. Aber was war noch zu erreichen? Er sah sich und Nelly an einem Punkt angelangt, an dem es rundum nur noch tief nach unten ging und jeder Schritt der letzte sein konnte. Und er war nun bereit, diesen Schritt zu wagen. Er wollte nicht noch länger auf der Stelle verharren und den Abgrund wissentlich akzeptieren. David hatte leicht reden, denn seine letzte Freundin war ihm untreu geworden, und für ihn war es nicht schwer gewesen, den Schlussstrich zu ziehen, zumal er ohnehin nicht mehr viel für sie empfunden hatte. Wenn die Beziehung gut funktioniere, würden Männer am ehesten zum Fremdgehen neigen, hatte er unlängst in einem Artikel über menschliche Verhaltensweisen gelesen und sich gleichzeitig gewundert, warum es bei ihm immer umgekehrt war: Sobald er nämlich Probleme mit Nelly hatte, war er, zumindest gedanklich, Abenteuern weniger abgeneigt als sonst. ‚Du kannst ruhig fremdgehen, wenn ich dir nicht mehr genüge' hörte er Nelly sagen, ‚aber dann sei wenigstens so fair und lass es mich wissen.'

Nachdem er sich von David verabschiedet hatte und wieder in seiner Wohnung angekommen war, bereitete er einen Tee zu und machte es sich auf der Couch bequem. Es würde unausweichlich wärmer, las er in der Zeitung, aber die Meldung ließ ihn kalt. Früher hätte ihm die Vorstellung an ein Leben, in dem man nur für wenige Minuten und vermummt an die Sonne gehen durfte, noch Kopfweh bereitet. Nun tröstete er sich damit, dass er ohnehin die meiste Zeit im Zimmer verbrachte. Er setzte sich an den Computer und musste daran denken, für wen er den Roman schrieb. Die Leserschaft, stellte er sich vor, war irgendwo da draußen und wusste nichts von dem entstehenden Buch, würde vielleicht auch nie davon erfahren, wenn er keinen Verlag fand. Und wenn doch, dann wären die Lesenden wahrscheinlich ganz anders, als er sie sich eben vorstellen konnte. Aber das Bild von Nelly, das sie erhielten, würde mit jedem Satz, den er über sie schrieb, verändert.

* * * *

Früher haben wir dem anderen noch zu verstehen gegeben, wenn etwas zwischen uns nicht stimmte, und wir waren bereit, darauf einzugehen. Wenn einer abends früher ins Bett ging, legte sich der andere zu ihm, bis er eingeschlafen war.

Ob Cora jetzt im Bett liegt und an dasselbe denkt? Es wäre schön gewesen, hätte ich zu ihr gehen können und sie mich empfangen mit den Worten „Bleibst du?". Aber dass es nicht so sein wird, davon bin ich ebenso überzeugt wie von der Tatsache, dass ich mich auch noch im Bett mit Gedanken an unsere Beziehung quälen werde. Das sind die stillen Niederlagen. Das ist das leise, kaum wahrnehmbare Fortschreiten einer übermächtig werdenden Desillusionierung. Und aus der Stille kommt die Angst, ob sich in anderen Beziehungen nicht allmählich dieselbe Trägheit und Abgeklärtheit einschleichen wird. ‚Ich hab dich lieb', höre ich Cora sagen, höre immer nur ihr ‚Ich hab dich lieb', das mir manchmal fast unheimlich ist, wenn sie es gebetsmühlenartig aufsagt. Aber ich spüre nichts mehr von der Liebe hinter den Worten.

* * * *

Spätabends fuhr er in die Stadt, um sich die Beine zu vertreten, denn er war wieder lange am Computer gesessen, ohne viel mehr als die wenigen Zeilen über die Beziehung seines Protagonisten zu Cora zustande zu bringen. Draußen hatte es stark abgekühlt, sodass man bereits den Atem in der Luft sehen konnte. Er spazierte durch die verlassenen Gassen der Stadt und fühlte sich kurzzeitig ins Mittelalter zurückversetzt, bevor ihn angetrunkene Jugendliche in seine Zeit zurückholten. Er durchquerte einen ausgedehnten Park, den er so sehr liebte und in seinem letzten Roman zu einem zentralen Ort gemacht hatte. Die wenigen Laternen warfen vereinzelte Lichtspuren auf den Kiesweg. Plötzlich hörte er unweit ein Geräusch, als würde jemand ächzen. Bei genauerem Hinhören entpuppte sich das Ächzen als Stöhnen. Er ging in die Richtung des Gebüsches, von dem das Geräusch kam, in der Hoffnung, eine Szene für seinen Roman zu finden. Dann aber traute er seinen Augen nicht: Es waren zwei Igel, die sich dem Liebesspiel hingaben. Das waren also die Protagonisten für seinen Roman – ein wenig stachelig, aber durchaus in der Lage, sich Gehör zu verschaffen. Er hörte Hundegebell. Ein älterer Mann kam auf ihn zu, der offenbar nichts von den Igeln bemerkt hatte.

„Haben Sie das gehört", rief der Mann, „das ist doch ungeheuerlich! Die Frechheiten in unserer Stadt nehmen von Tag zu Tag zu. Ungeheuerlich! Hören Sie? Und niemand, der gegen diese Schmarotzer vorgeht!" Er riss seinen Hund an der Leine, und der Schriftsteller sagte ihm, dass die Frau jetzt wegen seines Hundes vermutlich einen Scheidenkrampf habe, und ging weiter, mit dem sicheren Entschluss, die Szene nicht literarisch zu verwerten.

Sein Rückweg zum Rad führte ihn durch eines der ältesten Viertel der Stadt. Gern wäre er noch weiter spaziert, denn er fühlte sich nicht müde und genoss die Stille, welche die Stadt wieder durchatmen ließ nach den lärmenden Stunden. Aber da er am nächsten Tag eine Lesung hatte und die ausgewählten Texte noch einmal durchgehen wollte, blieb keine Zeit. Als er um die Ecke bog, bemerkte er eine junge Frau auf der anderen Straßenseite, die, wie ihm schien, ihren Schritt beschleunigte. Er war sich nicht sicher, ob es an ihm lag, und dachte daran, stehen zu bleiben. Was mochte sie denken? Fühlte sie sich von ihm verfolgt, hatte sie Angst, einen Sexualstraftäter hinter sich zu haben, der nur darauf wartete, sie in eine dunkle

Seitengasse zu zwängen? Oder war es nur er selbst, der sich Sorgen darüber machte, dass die Frau zu später Stunde allein auf der Straße unterwegs war und womöglich genau das dachte, was er befürchtete?

Die Frau hielt vor einem Schaufenster. Er ging an ihr vorüber, sah ihr reizvolles Gesicht im Spiegel und dachte im Weitergehen daran, sie zu einer Figur in seinem Roman zu machen. Während er sich schon eine Szene in Gedanken erschrieb, hörte er eine Stimme hinter sich.

„Excuse me!“, rief jemand schon zum zweiten Mal, und jetzt drehte er sich um und merkte, dass es die Frau von vorhin war, die nach ihm rief. Er ging auf sie zu, und in Sekundenbruchteilen fielen ihm Bilder für seinen Roman ein.

„Ich suche die Kissbachstraße“, sagte sie. Auf Nachfrage ließ er sich die Straße auf ihrem Stadtplan zeigen und präzisierte: „Kitzbachstraße“. Er bot an, sie dorthin zu begleiten, wenngleich es seine entgegengesetzte Zielrichtung war. Am Weg erfuhr er, dass sie Brasilianerin war und für drei Monate in seiner Heimatstadt blieb. Ihr Name war Fábia. Sie hatte sich in einer Bar mit zwei Studienkolleginnen verabredet, war sich aber nicht sicher, ob die beiden bereits weitergezogen waren oder noch auf sie warteten.

Sie gingen am Ufer entlang und redeten wechselweise auf Englisch und Deutsch, Lichtspiegelungen des ruhig dahinfließenden Flusses vor Augen. Viel zu schnell hatten sie die Bar erreicht.

„Could you wait for me? In case I can’t find them“, sagte sie. Er war froh über ihre Frage, nickte und hoffte insgeheim, dass sie die beiden nicht mehr antraf und mit ihm noch länger durch die Stadt spazierte, um eine Flut an Eindrücken für seinen Roman zu erhalten. Sein Handy läutete. Es war Nelly, die mit einer Freundin unterwegs war und sich nach ihm erkundigen wollte. Während er telefonierte, kam Fábia aus der Bar und schüttelte den Kopf.

„Hast du Lust, gemeinsam etwas zu trinken?“, fragte er, nachdem er aufgelegt hatte. Fábia stimmte zu, und sie gingen in ein kleines, fast menschenleeres Lokal. Als er ihr aus der Jacke half, berührten sich ihre Hände, wobei ihm ein kleines Tattoo auf ihrem Unterarm mit den Worten Fé, Amor, Esperança auffiel. Sie setzten sich in eine vom Eingang uneinsichtige Ecke. Jetzt, im Licht, konnte er sie näher betrachten. Ihre Augenlider hatten die Farbe einer polierten Paua-Muschel. Er betrachtete ihre Hände. Sie wirkten gepflegt, ebenso zartgliedrig wie ihr restlicher Körper. Er hätte sie gerne berührt, ihre Handflächen gespürt, deren Weichheit er nur erahnen konnte.

„What about your study?“, fragte sie, und er wunderte sich, warum sie über sein Studium Bescheid wusste. Dann fiel ihm ein, dass er während des Spaziergangs davon gesprochen hatte.

„Eigentlich bin ich Schriftsteller“, sagte er. Im selben Moment kam es ihm eigenartig vor, das Wort Schriftsteller in den Mund zu nehmen. Schriftpausierer wäre wohl treffender gewesen, oder Schriftsucher, auch wenn es Fábia nicht verstanden hätte.

„You are a writer? So, tell me what you are thinking at the moment!“

Endlich jemand, der nicht fragte, ob er in Reimform dichtete, oder dem er lang und breit erklären musste, warum er keine Sonnenschein-Texte produzierte. Er blickte sich um und beschrieb Fábia, was er wahrnahm: Den Tisch mit zwei Gläsern, die wie Wachtürme vor ihnen standen. Die Wand dahinter. Eine Landschaft in Rot, in der er schon seit Monaten unterwegs war und sich verloren fühlte. Er war auf der Suche nach jemandem, kam aber nicht vorwärts, da er wie blind war im Nebel.

„And now it's your turn", sagte er. Fábia lachte, blickte zur Wand und beschrieb ihm, was er noch nicht sah: eine Frau, die an der Wand ging, die nicht wusste, ob vor, ob zurück. Auch sie war im Nebel – Neblina, wie Fábia sagte, das portugiesische Wort für Nebel. Die Frau ging durch die Nebelwand, aber sie konnte nirgendwo den Mann sehen, den sie suchte, obwohl sie wusste, dass er in ihrer Nähe war. Dann sah sie ein grelles Licht und ging darauf zu. Während Fábia sprach, spürte er eine merkwürdige innere Verdichtung und wurde das Gefühl nicht los, sich in einem ort- und zeitlosen Raum zu befinden. Fremde Türen öffneten sich, und die Lichter dahinter glichen der Art, wie Fábia sprach. Er dachte an einen Prinz unter Wasser, der eine Goldkugel verschluckte. Er konnte jetzt aufstehen, Fábia sitzen lassen und nach Hause gehen. Aber ihre Hand, sie zeigte noch zur Wand, sie deutete ihm, zu bleiben. Und er ließ sie reden über sich verdichtenden Nebel. Der Geruch eines vertrauten Menschen. Das Ende des inneren Aufstands, der Anfang davon. *Neblina*. Sie berührte seine Hand, und ihre Lippen näherten sich.

Als sie das Lokal verließen, dämmerte es bereits. Sie blieben am Gehsteig stehen und umarmten sich.

„Gehen wir dort hinauf?", sagte sie und deutete zum nahen Klosterberg. Über eine Vielzahl an Stufen erreichten sie die Anhöhe, auf der er mit Nelly die letzte Neujahrsnacht gefeiert hatte, und für einen Moment wurde ihm bewusst, was sie sich damals einander versprochen hatten. Er führte Fábia zu einem Baum neben einem alten Wachturm. Hier war er auch mit Nelly gestanden und hatte sich mit ihr über die gemeinsame Zukunft unterhalten, die damals noch wie ein prächtiges Feuerwerk vor ihnen gelegen war. Dieser Ort, dessen war er sich sicher, würde in seinem Roman eine besondere Bedeutung erhalten.

Fábia setzte sich aufs kalte Geländer und zog ihn nah an ihren Körper. Er blickte über ihr Haar hinweg auf die erwachende Stadt. Kurz dachte er daran, ob sie sich hier oben, in der Einsamkeit, zu dem Lärm der Vögel und ferner Autogeräusche, lieben könnten. Er legte seine Hände auf ihre Schenkel. Die Sonne kam jetzt langsam zum Vorschein und gab den blechernen Dächern eine so kräftige Farbe, dass er glaubte, sie müsse sich in seinen Augen widerspiegeln. Lange standen sie ineinander verschlungen und küssten sich. Dann merkte er, dass Fábia fror.

„Gehen wir in meine Wohnung frühstücken? Du sollst dich nicht verkühlen."

Fábia schien froh über seinen Vorschlag, und sie spazierten den Berg entlang und stiegen dann zum Fluss ab.

Ihm fiel ein Stein vom Herzen, als sie die Wohnung leer auffanden. Bei Tee und Croissants erkundigte sich Fábia nach Nelly.

„Liebst du sie noch?", fragte sie.

„Ich bin mir nicht mehr sicher, weißt du. Ich ..."

„You don't have to talk about it!"

„Das ist schon in Ordnung. Ich – ja, natürlich liebe ich sie auf eine bestimmte Art. Weißt du, ich habe sie gern, ich schätze ihre Ehrlichkeit. Ich mag ihren Humor. Außerdem ist sie einer der wenigen Menschen, mit dem ich über meine Texte reden kann. Das heißt, konnte. Jetzt liest sie kaum noch etwas von mir. Aber es ist zu wenig. Es ist ganz einfach zu wenig da." Fábia lächelte und strich über sein Gesicht.

„Im Bett funktioniert es auch nicht mehr", fügte er hinzu. „Versteh mich nicht falsch. Ich liebe ihr Ritual, bevor wir miteinander schlafen. Musik rein, Licht aus, und das fast immer zu einer Stunde, wo wir beide kurz vor dem Einschlafen sind. Vorher muss sie lernen, ist zu müde, hat gerade gegessen oder fühlt sich aus sonst irgendeinem Grund nicht wohl. Als ich sie das letzte Mal darauf angesprochen habe, hat sie gemeint, dass nicht immer alles konstruiert wirken darf. Und was ist mit dir? Ich meine, hast du einen Freund?"

Fábia zögerte, begann dann aber doch zu erzählen. Vor einigen Monaten hatte sie beinah geheiratet, sich aber kurz vor der Hochzeit gegen ihren Verlobten entschieden, da sie einiges über ihn in Erfahrung gebracht hatte, das ihr zu Denken aufgab.

„Und du hast ..." Sie legte ihm den Finger auf den Mund und küsste ihn. Er vergaß seine Worte. Er vergaß alles, was er ihr sagen wollte, Minuten zuvor. Als er leidenschaftlicher wurde, hielt sie ihn zurück.

„No. I can't!"

Er sah ihr in die Augen und glaubte zu spüren, wie unsicher sie war. Dann küsste sie seine Haut, als hätten sich ihre dunklen Gedanken plötzlich verflüchtigt. Ihr Haar duftete nach einem Van Gogh'schen Sonnenblumenfeld.

„What?"

Er knöpfte ihre Bluse auf, und sie zog seinen Kopf tiefer.

Später am Morgen verabschiedeten sie sich mit dem Versprechen, dass sie ihn anrief. Sie standen einige Minuten in der Kälte, und unter seiner Daunenjacke bildete sich eine Gänsehaut.

„Schlaf gut!", sagte sie und ging, ohne ihn berührt zu haben. Er sah ihr nach, bis sie verschwunden war. Zurück blieb ein seltsames Gefühl in der Magengegend. Er dachte daran, sich schlafen zu legen, entschied sich aber für ein nahes Café. Der Raureif krallte sich an Äste und Laternen. Als ihm der vertraute Geruch des Kaffees in die Nase stieg, besorgte er sich etwas zu schreiben.

Draußen

* * * *

Neblina

Hier: Deine Uhrzeit, englische Wörter
im Nebelloch trinken
rote Tiere aus dem Bach
den wir nicht erreichten

Dort: Die Wand
an der du entlanggehst
auf der Suche nach Licht
das ich sein will
oder wollte

Du willst gelebt werden
und meine Finger
berühren Haut
was
verbirgt diese Nacht
dass wir aus Angst
unsere Körper entzünden

Worte, die ich aufschreibe, bevor ich und Taina im Nebel sind. Dort bleiben wir die ganze Nacht, in der wir uns mehrmals lieben.

* * * *

Sie lagen vor laufendem Fernseher, und er war kurz davor, Nelly das eben Geschriebene zu zeigen. Da sie eine Dokumentation über Serienmörder ansah und abwesend wirkte, ließ er davon ab und schrieb weiter. Seine Gedanken schwirrten zwischen seiner Lesung, die schwach besucht gewesen war, Fábia und Wortfetzen aus dem Fernseher. Das Telefon läutete. Nach dem vierten Mal schaltete sich der Anrufbeantworter ein, aber niemand sprach aufs Band. Er malte sich aus, was passiert wäre, wenn sich Fábia gemeldet und eine Nachricht hinterlassen hätte. Das Bild nahm bedrohliche Konturen an, und er baute die Szene in seinen Roman ein.

„Wieso hast du nicht abgehoben?", fragte Nelly nach einer Weile. Er zuckte mit den Schultern. Fábia hatte ihn bereits am frühen Abend angerufen, und sie hatten sich für den nächsten Tag verabredet.

„Es ist kurz vor Mitternacht. Um diese Zeit braucht keiner mehr anzurufen", sagte er.

„Hast du einen Anruf erwartet?"

„Ja. Aber ich habe ihr verboten, aufs Band zu sprechen. Außerdem sehe ich sie morgen."

„Vorsicht, ich bin schon müde!"

„Bist du eifersüchtig?"

„Willst du mich provozieren?"

Er stand auf der Klippe, einen fußbreit vom Abgrund entfernt, und spürte die Hand am Rücken.

„Ich bin eben neugierig", lenkte Nelly ein. „Das darf ich doch sein, oder?"

„Darfst du", log er und sprang. Er sprang ein zweites und ein drittes Mal, aber er konnte nicht fallen. Er hing in der Luft, unter ihm die aufbrausende, verlockende Gischt. Aber das Prinzip der Schwerkraft funktioniert nicht in seinem Kopf.

„Kannst du mich noch massieren?", bat Nelly, „ich bin wieder viel zu lange am Computer gesessen."

Sie legten sich aufs Bett, auf dem Stunden zuvor zwei Körper verschmolzen waren und das noch Fábias Parfum verströmte. Dasselbe Kerzenlicht, sogar die Musik war die gleiche. Er saß auf Nelly, nur, dass sie Berge trennten. Firngipfel, Gletscher: Riesige Eisfelder türmten sich zwischen ihnen auf. Es schneite im Zimmer, und Fábia war Schnee, der Nelly in immer wuchtigeren Mengen bedeckte. Sie ahnte nichts davon, wie sie langsam zugeschneit wurde, lag unter ihm, mit derselben Wärme wie immer, demselben Atem. Und er war voller Zweifel und vermisste Fábias Nähe. Später aufzustehen und aus dem Zimmer zu schleichen ... Nelly hätte womöglich nichts bemerkt. Das Telefon lachte ihn an. Rote, metallene Tasten in Zackenform. Beim Wählen von Fábias Nummer begannen seine Finger zu bluten.

„Habe ich dir schon erzählt, dass Elena und Martin zusammengezogen sind?“, fragte Nelly unversehens.

„Gut ... sollen sie glücklich werden.“

Nelly reagierte verstimmt. Wieder tauchte Fábias Gesicht auf und ihre weichen, samtweichen Hände.

„Soll ich dich schlafen lassen?“, fragte sie ihn.

„Schlafen?“

„Ich weiß nicht. Nach fünf Jahren hat man eine gewisse Intuition.“

„Aber man kann sich nach fünf Jahren auch täuschen.“

Er wollte sich vom Balkon in die Nacht stürzen und im Flug, hoch über den Dächern der Stadt, einem Flügelmenschen begegnen, der ihm vertraut war. Seltsam. In dem Moment, wo Nelly redete, sah er sie vor sich liegen, acht Monate zuvor. Sie lag auf dem Bauch und er küsste ihren Rücken, es war früher Morgen. Sie redete, und er war in der anderen Zeit und verglich die beiden Gestalten wie jemand, der weit außerhalb stand. Und während im ersten Bild Sonnenstrahlen durchs Fenster auf zwei glückliche Körper fielen, war im zweiten der Raum von Kerzen erleuchtet, totenhell. Und wieder realisierte er: Was sie zusammenhielt, waren Erinnerungen. Er dachte daran, wie schön es gewesen war, neben Nelly im Bett zu liegen, während sie schlief, und er nicht schlafen wollte, um jeden Atemzug von ihr zu hören und jede kleinste Bewegung ihres Körpers zu beobachten. Jetzt kostete die Beziehung so viel Kraft, so viel Energie, und mit jedem Streit bröckelten Teile von der brüchigen Mauer namens Zusammenhalt. Nellys Stimme war leer geworden. Ein Eisfeld lag zwischen ihnen, das wuchs, das keiner betreten wollte. Sie verschanzten sich in ihren warmen Hütten und wollten die Kälte nicht wahrhaben. Aber die Zukunft kannte kein Wir. Das Wir war ein Nebel vor den Fenstern. Und auf was warteten sie? Dass man sie irgendwann aus ihren Hütten holte und sie den Rettern dankend in die Arme fielen? Dass man sie irgendwann aus den zugeschneiten Hütten grub, zwei Eisleichen, die sich ihr Grab selbst gewählt hatten? Wenn er daran dachte, spürte er einen inneren Druck, der ihm klar machte, dass es längst an der Zeit war, zu reagieren. Und der Druck wurde stärker, weil er wusste, dass er so rasch nichts unternehmen würde. Lieber blieb er in der betrogenen Wärme, wie ein Tier im Winterschlaf.

Auch das gemeinsame Sexualleben konnte das Eisfeld nicht zum Schmelzen bringen, dazu waren sie zu bieder und angepasst, wie jene, die sie zu Beginn ihrer Beziehung belächelt hatten, jene, zu denen sie nie gehören wollten und von denen sie sich weit weg wussten. Wie lange das her war. Er dachte darüber nach, wann sich ihre Spontaneität verlaufen hatte und dem Konstrukt eines Plansolls gewichen war. Warum hatte er anfangs gedacht, es würde immer so bleiben, wünschenswert schön? Vielleicht war das Schöne nichts als des Schrecklichen Anfang, den sie noch gerade ertrugen, und sie bewunderten es so, weil es gelassen verschmähte, sie zu zerstören. ‚Gut, wenn du meinst', hörte er Nelly sagen, ‚aber fühl dich nur nicht zu sicher in deiner Haut. Du bist nicht allein.'

In der Nacht wachte er auf und erschrak, als er einen fremden Körper neben sich wahrnahm. Erst als sich die Augen an die Dunkelheit gewöhnt hatten, merkte er, dass es Nelly war, die neben ihm lag und ihren Arm eng um seinen Hals geschlungen hatte. Wieder kehrten quälende Gedanken zurück und raubten ihm den Schlaf. Was war noch über von ihrem Denkmal, das sie umarmt zeigte, in Einigkeit verschmolzen? Wer hielt bereits verschämt den Vorschlaghammer hinter dem Rücken? Das Gefühl einer neuen Welt und der Anfang davon ... Alles wollte man kennen lernen. Und lehnte sich zuerst dagegen auf. Aber dann war der Reiz des Neuen doch zu verlockend, und man begann zu akzeptieren, dass das Leben mehr bot als Planung und das Wissen davon. Er stand zwischen zwei Frauen, und sein Kopf schlug Nägel in Särge. Alte oder neue Welt. Der Geruch nach Meer, der verlockende Duft einer fremden Landschaft wuchs unaufhaltsam an.

Zur Ersetzbarkeit von Begriffen

Treue. Dass der Mensch nur einmal lebte, war keine Rechtfertigung zum Fremdgehen. Auch kein defekter Chromosomenhaushalt. Vielleicht entschied das Gefühl, bei der stärksten Zuneigung zum Partner auch am stärksten zu ihm zu halten. Als er vor Jahren allein durch Europa gereist war und sich schon am Bahnhof kaum von Nelly losreißen konnte, war er nicht ein einziges Mal in Versuchung geraten. Seine Liebe zu Nelly war wie ein Schutzschild gegen Amorpfeile. Was anwuchs während der Tage, war die Sehnsucht, sie so rasch wie möglich wieder in die Arme zu schließen. Später die Frage der Selbstaufgabe ... Ausgiebig suchte er nach dem Mittelweg zwischen Hingabe und dem eigenen Ego. „In einer Beziehung gibt es kein Ich, sondern nur ein Du und ein Wir", hatte ihm eine Freundin erklärt. „Und wo bleibt das Ich", hatte er eingewendet, „soll es vielleicht kaltgestellt und in Formaldehyd zur gelegentlichen Begutachtung konserviert werden?" Das Gespräch verlief sich in einer mehrstündigen Diskussion, und sie trennten sich mit denselben Standpunkten wie zuvor. Aber was war Treue? Das Einhalten von Gesetzen? Dem Partner nicht zu sagen, was Sache sei? Es war leicht, sich einzureden, es gäbe keine Treue: Man erdachte sich den Freifahrtsschein in den Mund eines anderen, in fremde Betten, ohne die Miene zu verziehen.

Bei seinem letzten Roman hatten einige von Nellys Freundinnen vermutet, dass er durchwegs autobiografisch geschrieben war. Der Inhalt und die Liebesszenen hätten zu authentisch gewirkt, als dass sie erfunden gewesen wären, hatten sie gemeint und Nelly verunsichert. Er konnte sie schließlich davon überzeugen, dass alles seiner Fantasie entsprang – mit Ausnahme einer Szene.

Atlantis

Eben noch hatte er den Schriftsteller in seinem Buch schreiben lassen, dass er den Abend wohl alleine verbringen musste, da Taina, die er zum Abendessen eingeladen hatte, noch immer nicht aufgetaucht war, als es läutete. Es war Fábia. Sie entschuldigte sich für ihre Verspätung, machte den Regen dafür verantwortlich und streckte ihm einen kleinen Strauß mit duftenden Lilien entgegen.

„Darf ich ins Bad", fragte sie mit kindlicher Stimme, „ich möchte meine Haare trocknen."

„Du hast drei Türen zur Auswahl."

Sie ging lachend hinaus und kam nach längerer Zeit zurück.

„Zum Glück habe ich wieder zu dir gefunden."

„Hast du dich verlaufen?"

„Nein. Ich bin in einen Wald gekommen. Zuerst wollte ich umkehren, aber ich bin weiter, bis mich ein Fluss gestoppt hat."

Sie setzte sich ans Bett, und er kraulte ihr noch feuchtes Haar.

„Ein reißender Fluss. Ich habe nicht gewusst, wie ich auf die andere Seite kommen soll. Dann war plötzlich ein Phönix neben mir."

„Er hat dich in den Schnabel genommen und hinübergebracht?"

Sie hob ihren Kopf und nickte.

„Woher weißt du das? Er hat mir über den Fluss geholfen. Dann war ich in dieser finsteren Höhle."

„Kein Licht?"

„Nein. Es war stockdunkel."

Bevor er reagieren konnte, biss sie ihm vorsichtig in den Finger. In diesem Moment musste er an Nelly denken. Er hatte sie kurz vor Fábias Besuch noch angerufen und ihr erzählt, dass er sich mit zwei Freunden in der Stadt treffen werde und wohl erst spät zurückkäme. Nelly wirkte müde und wünschte ihm eine Gute Nacht.

„Sie fragten mich, ob ich Lust habe, bei einer Party vorbeizuschauen“, sagte Fábia.

„Haben sie wenigstens auch mich eingeladen?“

„Begleitung war erwünscht. Wie spät ist es?“

„Zehn Uhr.“

„Uns bleiben noch zwei Stunden. Ich habe mich also verabschiedet und bin wieder zurück zum Fluss. Aber der Phönix war nicht mehr da. Ich habe mich niedergesetzt und gewartet. Er ist nicht gekommen. Dafür ist ein Mann aus den Fluten gestiegen und hat seine Hilfe angeboten.“

„Poseidon hat dich also über den Fluss gebracht. Und weiter?“

„Nein, nicht über den Fluss, sondern unten durch. Er wollte mit mir ans andere Ufer tauchen.“

„Und du hast abgelehnt?“

„Ich habe ihm meine Angst gestanden.“

„Keine Sorge, ich kann dich auch hinüberbringen. Ich habe genug Sauerstoff in den Lungen!“

Ein Blick, der hinter die Netzhaut drang. Fábia zog ihn zu sich, und sie versanken im Wasser. Das leise Zerbröckeln der Nacht. Er merkte, wie sich ihr Atem beschleunigte.

„Poseidon hat dir sicher von meinem Haus am Flussgrund erzählt. Hast du Lust, mitzukommen?“, fragte er und blickte auf die Uhr.

„Haus Atlantis?“

„Genau. Aber wir müssen jetzt wirklich weiter.“

„Weiter?“

Sie schnappte nach Luft, er versuchte, sie zu beatmen. Sie sanken tiefer, dem Flussgrund zu. Dann tauchte die Stadt auf: grüne Häuser, Wasserstraßen, schwebende Wesen.

„Siehst du das blaue Haus dort? Es gehört mir."

Sie legte sich auf den Bauch und wartete, wie er reagierte.

„Komm, ich zeige dir mein Haus. Hier im Erdgeschoss ist alles rosa verkleidet, wie Marmor, findest du nicht? Schau dir das große Becken mit den bunten Fischen an. Ist es nicht wunderschön? Im ersten Stock sind sieben Schlafzimmer. Ich kenne nur sechs davon. Eines ist abgesperrt."

„Wir kommen nicht hinein?"

„Ich weiß nicht. Willst du die Zimmer sehen?"

„Nur, wenn du mitkommst."

Sie nahm seine Hand und zog ihn hinter sich her. Sie schauten sich die Schlafzimmer an, riesige, unendlich verkitschte Räume in Pastell- und Blautönen. Dann standen sie vor dem versperrten Zimmer und Fábia zuckte mit den Schultern.

„Schade. Ich hätte gerne gewusst, wie es dahinter aussieht."

„Du weißt ja, dass ich mich gut mit Poseidon verstehe."

„Und?"

„Ich habe ihm den Schlüssel gestohlen."

„Du hast – was? Und wo ist er jetzt?"

„Ich habe ihn in seinem Palast eingesperrt. Er hat gebrüllt, als ich weg bin. Aber ich habe den Schlüssel."

Knarren im Schloss. Er zog Fábia aufs Bett, löschte die Kerzen bis auf eine und legte sich neben sie. Fábia begann, mit ihrer Hand in die Luft zu zeichnen, im Takt der Musik. Er beobachtete sie eine Zeitlang und versuchte dann, ihre Bewegungen nachzuahmen, ohne ihre Hand zu berühren. Dann küssten sie sich, und seine anfänglichen Bedenken wurden weggestreichelt. Als er seine Hand unter ihre Bluse schob, zog sie sie langsam zurück. Im selben Moment sah er sich am Schreibtisch sitzen und in den Computer tippen, wie der Schriftsteller seine Hand unter die Bluse schob und sie zurückgeschoben wurde.

„Möchtest du nicht zuerst das ganze Haus sehen?“, fragte Fábia.

„Ich kenne das Wichtigste.“

„Estou flutuando – saindo desta neblina“, sagte sie später und legte sich entspannt zurück.

Beim Abendessen erzählte sie ihm von ihrem Vorhaben, einige Tage in Prag zu verbringen, da ihre ausbildende Ärztin von der Stadt erzählt und geschwärmt hatte. Er berichtete ihr von seiner Liebe zu Prag und dachte laut darüber nach, dass er schon lange nicht mehr dort gewesen war. In Gedanken sah er den Altstädter Brückenturm im Nebel vor sich und die Karlsbrücke im Dämmerlicht. Er grenzte an diese Stadt, wo der Golem den Mund aufhielt und Kafka unter dem Steinpflaster wandelte, und an die Worte darüber, ebenso, wie er an Fábia grenzte. Sie war gleich Feuer und Flamme, ihn in Prag zu treffen, und versuchte, ihn davon zu überzeugen. Während sie sprach, hatte er plötzlich einen massiven körperlichen Einbruch. Er schob den halbvollen Teller mit dem lauwarmen Fisch in die Tischmitte, schnappte Fábias Worte auf, die sich zu keinen Sätzen mehr formen wollten, nickte, gab krampfhaft Antworten und wartete auf die Rückkehr seiner Kräfte. Aber es wurde schlimmer. Fábia redete von einem Buch, das er nicht kannte, er entschuldigte sich und verschwand im Bad. Sein Blick in den Spiegel. Das Ebenbild eines Menschen, der sich so nicht kannte und doch zu gut kannte, ohne zu wissen, woran er litt. „Die Energie ist mein Haus“, sagte er, „die Energie ist mein Haus.“ Er hielt sich ein Nasenloch zu und merkte, dass das andere völlig verstopft war. Das war wohl der Grund, redete er sich ein, er musste durch den Mund atmen, um mehr Luft zu bekommen. Der Mund öffnete sich automatisch, und er saugte Luft ein, als würde er im Sterben liegen. Sein Blick in den Spiegel. So ging das nicht weiter, dachte er, „die Energie ist mein Haus.“ Er verließ das Bad und legte sich ins Bett. Das Gefühl, als würde ihm Energie abgesaugt, langsam und kontinuierlich. Seine Hände waren eiskalt, der Atem ging schwer, und er merkte, wie er zu zittern begann. Ruhig Blut. Ruhig. Dann stand Fábia neben dem Bett und legte sich zu ihm.

„Are you okay?“, fragte sie, und er nickte.

„Ich habe zu wenig geschlafen, und es regnet. Das ist keine gute Kombination.“

„You should sleep a little bit“, sagte sie. Er schloss die Augen und konzentrierte sich auf die Bewegung der Finger in seinem Nacken. Es wird schon wieder, sagte er sich, das geht vorbei. Und ihre Finger gruben sich tief in seine Haut und bewegten sich auf und ab, langsam aufwärts und abwärts.

Nach einer Stunde Schlaf öffnete er die Augen, der Spuk war vorbei. Fábia lag noch immer neben ihm und sah ihn besorgt an. Ihr Blick, anfänglich nur mit einem warmen Gefühl verbunden, erschloss sich in Worten, die er abzuwürgen versuchte. Nein, keine Worte, nicht jetzt. Der Roman hatte in diesem Moment nichts verloren. Er nickte, und Fábia lächelte, ihre Augen lächelten, als würden sie genau wissen, welche Medizin ihm gut tat. Als er wieder einigermaßen bei Kräften war, schauten sie sich einen französischen Film an. Er war überrascht über die Selbstverständlichkeit, mit der alles ablief: als wäre Fábia schon seit Jahren in seiner Wohnung ein- und ausgegangen, hätte hier gelebt, gegessen, geschlafen, ihn gepflegt. Seltsam schien ihm nur, dass er ihr weder eine einzige verbale

Liebeserklärung gemacht hatte, noch sich eine solche von ihr wünschte. Er hatte Angst davor, dass ihn ihre Worte einengen konnten und mochte doch hören, dass sie ihn begehrte. Zugleich bereitete es ihm Angst, dass er sich mit ihr ein gemeinsames Leben vorstellen konnte.

„Könnte ich sagen, wie gern ich dich habe, wären wir zwei jetzt in Tibet", sagte er.

Fábia sah ihn verwundert an.

„Das ist eine Stelle aus einem frühen Gedicht", erklärte er und umarmte sie. Während er sie festhielt, dachte er daran, mit ihr zusammen zu bleiben, was ihm seinen Kehlkopf gegen die Luftröhre drückte. Die Vorstellung, dass Fábia einem anderen Mann in die Arme fiel, verwandelte den Kehlkopf in einen Morgenstern. Morgenröte. Die Farbe von Anfang und Ende. Er schloss seine Augen und konzentrierte sich auf die gelben Punkte, die sich im Dunkel abzeichneten. In einem entdeckte er ein bekanntes Gesicht – es war ein Schulfreund, von dem er schon seit Jahren nichts mehr gehört hatte. Er wunderte sich, wieso er ihn jetzt vor sich sah, aber bevor er darüber nachdenken konnte, fuhr ihm eine kalte Hand über den Bauch. Fábia redete von ihrer bevorstehenden Pragreise, und er sehnte sich schon danach, mit ihr gemeinsam die Straßen der Stadt zu erkunden.

* * * *

Ich sehe Cora am Bahnsteig stehen, die Zugtür schließt sich. Langsam setzen sich die Räder in Bewegung. Es gibt einen Ruck, der Zug bleibt noch einmal stehen. Noch könnte ich aussteigen. Eine letzte Gelegenheit. Aber schon fährt der Zug wieder an. Cora geht neben dem Abteil her, winkt, wirft mir Kusshände zu, geht schneller, bis ich sie nur noch im engsten Winkel durchs Glas sehen kann – ein winziger Punkt, wachsend in mir.

* * * *

Bis in den frühen Morgen blieben sie munter und liebten sich mehrmals. Nach drei Stunden Schlaf weckte ihn Lärm von draußen. Im Erwachen erinnerte er sich an einen Traum: Er stand mit einigen Freunden vor seinem Wohnhaus. Hinter dem Wald stieg der Mond auf, so groß und rund, wie er ihn von afrikanischen Steppenbildern kannte. Er zog rasch über Köpfe und Himmel, und dann entdeckte er eine kleine, dunkelrote Stelle im Weiß. Es war eine Flamme, ein wachsendes Feuer, und seine Freunde und er ahnten, dass sich der Mond nicht mehr lange am Himmel halten würde. Die Flammen wuchsen. Dann sank der Mond langsam zu Boden, bis er völlig verschwunden war.

Dass der Vollmond auf eine glückliche Phase des Träumers verweisen solle, wie er während des Frühstücks in einem Traumdeutungsbuch nachlas, stimmte ihn nicht positiver. Kein Wort von einem brennenden Mond, der vom Himmel fiel. Kein einziges Wort davon.

Prag, flugwärts

Er stand mit Nelly am Bahngleis und wartete auf den einfahrenden Zug. Das Reden fiel ihnen jetzt leichter als am Abend zuvor; in Gedanken war er schon hunderte Kilometer entfernt. Nelly steckte ihm einen kleinen Amethyst zu, der ihn auf der Reise beschützen sollte, und bedauerte mehrmals, dass sie keine Zeit hatte, mitzukommen und ihn allein fahren ließ. Der Zug fuhr mit Verspätung ein. Sie begleitete ihn ins Abteil, und für Sekundenbruchteile beängstigte ihn die Vorstellung, der Zug könnte mit ihnen beiden abfahren und sie gemeinsam nach Prag bringen. Im Umarmen erschallte die Bahnhofsdurchsage von der bevorstehenden Abfahrt. Er brachte Nelly zur Tür, sie küssten sich, und der Zug rollte langsam an. Sie ging noch eine Weile neben dem Zug her und legte ihre Hand auf die Tür. Er zögerte, drückte dann seine Hand ans kalte Glas, das zwischen ihnen lag.

* * * *

Ich entdecke Taina in der Mitte der Karlsbrücke. Eben noch habe ich Angst gehabt, dass sie nicht auftaucht. Sie geht langsam auf mich zu, und ich beschleunige meinen Schritt. Die Menschen rundherum gefrieren zu Standbildern. Gestern, als ich unter der warmen Bettdecke lag, fraßen sich Rabengedanken durch meinen Kopf. Jetzt stehen wir uns gegenüber, als hätten wir uns nie aus den Augen verloren.

* * * *

Sätze, die er zu Mittag im Zug schrieb. Als er Prag erreichte, dämmerte es, und ihm blieben noch eineinhalb

Stunden bis zum Treffen mit Fábia. In der Bahnhofshalle drängten sich zwei Taxifahrer um ihn. Er verhandelte wegen der Fahrt zum Hotel, der Preis war fern jeder Realität, und er ließ die beiden mit einem „Děkuju" stehen. Die Metro lag nur einen Stock tiefer. Als sich vor ihm ein langer, menschengefüllter Schlauch öffnete, entdeckte er an der Wand ein Adler-Graffiti. *Prag lässt nicht los. Uns beide nicht. Das Mütterchen hat Krallen. Krallen wie die eines Adlers oder einer Dohle;* die Worte Kafkas fielen ihm beim Betrachten des Graffitis ein. Beim Verlassen der Metro regnete es leicht. In seine Nase stieg der vertraute Großstadtgeruch, und er saugte die kühle, rauchige Luft ein. Er erinnerte sich daran, wie er vor Jahren bei einem Spaziergang durch die Prager Altstadt zwei junge Tschechen kennen lernte, die ihm Prag von einer ihm bislang unbekannten Seite zeigten. Bis in die frühen Morgenstunden zogen sie durch touristenleere Bars und Bierstuben.

Auf der Straße war wenig Verkehr. Nur ab und zu streiften ihn Lichter vorbeifahrender Autos. Er konnte sich schlecht orientieren und fragte einen Mann nach dem Weg. Zehn Minuten später war er im Hotel.

Nach dem Duschen besorgte er sich einen Stadtplan an der Rezeption und brach auf. Er ging in die Stadt, als würde er im Roman gehen, als wäre er den Weg schon im Kopf vorgegangen und würde sich jetzt von außen betrachten, als Schriftsteller, der seine Geliebte traf, der seine Freundin betrog. Schon von weitem ragte der Altstädter Brückenturm aus dem Gassengewirr heraus. Einige Atemzüge später stand er auf seiner geliebten steinernen Karlsbrücke. Es war kurz vor neun, und er schaute sich nach Fábia um, die er in der Mitte der Brücke treffen wollte. Sie war nirgends zu sehen. Dafür belagerten zahlreiche Touristen die Verbindung zwischen Altstadt und Kleinseite. Er versuchte, das Zentrum der Brücke auszumachen, konnte aber keinen Mittelpunkt finden. Eine Frau ging an ihm vorüber, die er auf den ersten Blick für Fábia hielt. Schritte. Stimmen. Es begann wieder zu nieseln, aber er ließ seinen Schirm abgespannt, damit ihn Fábia leichter erkennen konnte. Seine beiden Romanfiguren kamen ihm entgegen, schlenderten an ihm vorbei, ohne ihn anzusehen. Was blieb, war ein Gefühl der Ohnmacht. Er ging bis ans andere Ende der Brücke, kehrte wieder um und sah in einiger Entfernung die Frau von vorhin. Sie stand an der Brüstung und stellte ihr Kameraobjektiv auf den Hradschin ein. Als sie sich in seine Richtung drehte, verschmolz Fábias Bild mit dem ihren. In diesem Moment wurde ihm bewusst, wie wenig er Fábia kannte. Hätte man ihm ein Foto von ihr gegeben, er hätte sie darauf erkannt. Aber hätte man ihn gebeten, sie zu beschreiben: Es wäre ein Fragment geblieben. Er wusste nicht einmal, in welchem Hotel Fábia wohnte. Die Brücke war der einzige gemeinsame Anhaltspunkt, und ihr Körper seiner. Er musterte die Frau, und sie sah ihn eindringlich an, fast so, als wollte sie ihn auffordern, etwas zu sagen. Schon setzte er zum Gehen an. Im selben Moment packte sie ihre Kamera weg und hastete davon. Wieder versuchte er, sich an Fábias Gesicht zu erinnern. Aber nur eine verschwommene Erinnerung war da, eine Mischung aus Farben und Gerüchen.

Einundzwanzig Uhr achtzehn. Fábia war bisher immer pünktlich gewesen, und er warf den Gedanken, dass sie nicht mehr auftauchte, über die Brücke. Der Prager Brückensturz. Die Legende besagte, dass der eifersüchtige König Wenzel IV von Nepomuk, dem später heilig gesprochenen Beichtvater der Königin, erfahren wollte, ob sie ihn betrogen habe. Nepomuk wurde für sein Schweigen gefesselt und mit einem Holzblock im Mund in die Moldau gestürzt. Jetzt erinnerte ein Bronzerelief an ihn, und die blankgescheuerte Figur wirkte verloren zwischen den Lanzen.

„Just put your hand on it. It will bring you luck!"

Fábia. Sie trug einen dunkelblauen Mantel, Schal, kniehohe Stiefel. Ihre Haare hingen lose über den Nacken, und es dauerte, bis er begriff, dass sie da war. Ein kurzer Kuss, nicht mehr. Sie entschuldigte sich für ihre Verspätung und fragte, ob er schon lange auf sie gewartet habe, was er verneinte. Sie gingen in eine Pizzeria auf der Kleinseite; erst beim Essen löste sich die Anspannung.

Nach einer Stunde und zwei Pizzen standen sie wieder auf der Brücke.

„Siehst du die Kerze?" Fábia zeigte zu einem Haus auf der Kampa, wo ein mattes Licht vom Balkon leuchtete.

„Glaubst du, dass es eine Kerze ist?"

„Es könnte auch eine elektrische Laterne sein", sagte sie, „natürlich, das Licht bewegt sich nicht!"

„Weißt du, an was es mich erinnert? Ich habe dir doch von meinen Aufenthalten in der Schweiz erzählt. Bei einer Wanderung bin ich zu einer verfallenen Holzhütte gekommen, und nicht weit von der Eingangstür entfernt war eine Art Grablicht. An der Wand ist ein Kreuz gehangen, und darunter war eine kleine Holztafel angebracht. Der Fluch des Herrn ruht auf des Frevlers Haus, und der Gerechten Häuser segnet er, stand darauf. Oder so ähnlich."

„Frelas?"

„Frevler … I think, you can translate it as blaspheming."

„Und warum glaubst du, dass jemand über Nacht eine Laterne vors Fenster stellt?", fragte sie im Weitergehen.

„Vielleicht ist jemand in dem Haus gestorben. Das Licht als Symbol für Auferstehung. Oder es ist ein Code für obskure Schriftsteller, die sich heimlich in dem Haus treffen."

„My little poet!“ Fábia lachte und streifte über seinen Rücken. Die zweite Berührung seit ihrem Treffen. Er wusste jetzt, was ihm abgegangen war. Er griff nach ihrer Hand, ließ sie aber gleich wieder los. Dann dachte er an die Romansequenz, die er im Zug geschrieben hatte, und zog Fábia ans Brückengeländer. Vorsichtig näherte er sich ihrem Körper.

„Hast du mich vermisst?“, fragte sie und schloss ihre Arme um seinen Rücken. Er nickte. Er hätte ihr jetzt sagen können, dass er in den letzten Tagen fast nur an sie gedacht hatte, dass sie sich in seinem Kopf festgesetzt und er sich diesen Augenblick selbst in seinen Träumen herbeisehnt hatte. Wortlos standen sie im Wind und küssten sich.

Als sie über die Brücke schlenderten, sah er Fábias Gesicht, das alle möglichen Farben annahm und in einem bläulich-violetten Ton gegen den Altstädter Brückenturm aufstieg. Ihre Nähe ließ ihn wieder atmen wie einen Fisch unter Wasser; er zog seinen Schal enger um den Hals. Am Altstädter Ring stolperte Fábia über einen hervorstehenden Pflasterstein und fiel beinahe einem Jugendlichen in die Arme, der ihr nach einer kurzen Entschuldigung einen mehrsprachigen Flyer in die Hand drückte.

Der Prag ältesten Kellergewolben laden Sie zu ein Besuch. Live-Musiken und Fassbiere werden Sie aufheben bis vier Uhr Nacht goldrichtig.

Nun verstanden sie die Entschuldigung des Jugendlichen und zögerten keine Sekunde. Rasch hatten sie die Bar gefunden und gelangten über eine steile Treppe in einen Vorraum, eine improvisierte Garderobe, von der nochmals mehrere Stufen in ein dunkles Gewölbe führten. Er bestellte zwei Pilsner an der Bar, während Fábia neben der Tanzfläche wartete. Hinter einer halbhohen Holzwand fanden sie zwei freie Plätze.

„Do you like this place?", fragte sie nach einer Weile, und er nickte.

„Wenn du dir vorstellst, dass das Gewölbe schon einige hundert Jahre alt ist und du vielleicht die erste Brasilianerin hier bist ... das ist doch ein komischer Gedanke, findest du nicht?"

„Komisch? Ich mag das Wort!"

„Prag ist auch eine komische Stadt. Gustav Meyrink – ein Prager Schriftsteller – hat einmal gesagt, dass Prag dort gegründet wurde, wo die Schwelle zwischen der sichtbaren und unsichtbaren Welt am schmalsten ist. Verstehst du?"

„Unsichtbare Welt?"

„Ich glaube, dass es für ihn eine Art übersinnliche Ebene war. Wenn du in ein Haus oder eine Kirche gehst, kann dich das kalt lassen oder berühren, ohne dass du dir über die Gründe bewusst bist."

Fábia nickte irritiert, und er legte seinen Arm um ihre Schulter. Prag hatte ihn auch beim dritten Mal wie einen Heimkehrenden empfangen, und er fühlte sich diesmal sogar noch wohler als bei den letzten Besuchen. Fábia und die Goldene Stadt: Es gab Dinge, die sich miteinander vereinbaren ließen wie Ginster, Leuchtbojen und der Geruch von Lavendel. Er war unendlich glücklich, wieder mehr zu empfinden als die Linearität der letzten Monate.

Fábia wirkte abwesend, und er beobachtete die Bewegungen fremder Körper auf der Tanzfläche. Dann zwickte er ihr in den Nacken. Langsam wendete sie den Kopf und schaute ihn verträumt an. Ein Lied wurde gespielt, das Nelly und er vor langer Zeit als ihres bestimmten, als sie an einem Sommerabend von einer Wanderung heimwärts gefahren waren. Damals hatte sie sich beschwert, dass sie nach zwei Jahren Beziehung noch kein gemeinsames Lied gefunden hatten.

„Ich habe gerade an mein Buch gedacht", sagte er. „Mir ist etwas eingefallen, das ich einbauen werde."

„Oh, tell me something about the book!"

„Es geht um einen Schriftsteller, der sich in einer Schreibkrise befindet und jemanden kennen lernt, über den er neue Schreibimpulse bekommt. Er baut Szenen aus seinem Leben in den Roman ein."

„Are you writing an autobiography?"

„Es ist ein Spiegelroman", sagte er nach kurzem Zögern.

„Und wie viel hast du schon geschrieben?"

„Ungefähr dreißig Seiten. Die Hälfte davon sind Skizzen und Notizen. Weißt du, ich brauche sehr viel Zeit beim Schreiben, weil ich genau arbeiten möchte. Wie lang kannst du eigentlich in Prag bleiben?", fragte er dann.

„Noch einen Tag. Mein Zugticket gilt bis Montag."

„Es geht wirklich nicht länger?"

„Ich würde viel lieber bei dir sein."

Er nickte, nahm einen Bierdeckel und zog seinen Kugelschreiber aus der Jacke. Fábia schaute interessiert zu, wie er Worte auf den Pilsner-Urquell-Deckel malte. Bevor die Notiz fertig war, stellte sich eine hagere Gestalt an den Tisch. Nach einem Blick zu Fábia und Kopfschütteln ging der Kellner weiter.

„An was denkst du?", fragte sie ihn, nachdem er den Stift beiseite gelegt hatte.

„Als ich auf dich gewartet habe, ist mir eine Frau aufgefallen, die mich an dich erinnert hat. Ich wollte sie ansprechen. In dem Moment habe ich nicht mehr genau gewusst, wie du ausschaust. Das habe ich aufgeschrieben."

Sie nahm seine Hand und führte sie entlang der Konturen ihres Gesichts. Er tastete ihre Stirn ab, die geschlossenen Augen. Nase, Wangen, Lippen, ihr schmales Kinn.

Er spürte die Knochen unter der Haut und stellte sich einen Kopf vor, der oben geöffnet war und mit Bildern gefüllt wurde. Eins dieser Bilder war er: stehend, mit einer flackernden Kerze in der linken und seinem Buch in der rechten Hand. Aus dem Buch tropften Farben, und dort, wo sie den Boden berührten, schossen Lichtstrahlen empor. Er ließ die Kerze fallen. Am Boden verkohlte Blätter.

„Hast du ein Foto von dir dabei?", fragte er Fábia.

„Ich kann dir eines geben, aber später."

„Wann ist später?" Sie zog seinen Kopf zu sich und küsste ihn.

„Du bekommst es. Versprochen."

„Ich warte darauf. Bis gleich!"

Beim Suchen der Toilette überlegte er, wann er Fábia nach seiner Rückkehr wieder sehen konnte. Es wäre möglich gewesen, sie noch am selben Tag zu treffen; sein Zug kam am Abend an. Gleichzeitig wollte er Nelly nicht hinten anreihen, auch wenn er kein Verlangen nach ihr verspürte. Bei ihrem letzten Prag-Aufenthalt waren sie noch Hand in Hand durch die Gassen spaziert. Nebel war über der Stadt gelegen, und sie hatten Engel über Hausdächer fliegen sehen. Er spuckte seinen Kaugummi in die Klomuschel; vielleicht stieg bald ein klebriger Cherub aus der Kanalisation.

Als er zum Tisch ging, war Fábia bereits aufgestanden und schlüpfte in ihren Mantel.

„Du willst schon gehen?", fragte er überrascht.

„Ich bin müde."

„Du kannst bei mir schlafen, wenn du willst. Mein Bett ist groß genug für uns beide."

„It's up to you!"

Der Altstädter Ring war in milchig-gelbes Licht getaucht, und schräg über den Türmchen der Teynkirche leuchtete der Vollmond durch die Wolken. Er bedauerte, dass er seinen Fotoapparat nicht dabeihatte. Mit aufgeklappten Mantelkrägen stapften sie durch den Schnee. Als sie sich über den kommenden Tag unterhielten, sah er plötzlich Nelly. Sie lehnte in einer Seitengasse und starrte ihn mit weit geöffneten Augen an. Zuerst spürte er nur ein leichtes Stechen im Bauch. Aber ihr Blick grub sich tiefer und riss Erinnerungen hervor. Damals hatte sie ihre Liebe durch Prag getragen, und er hatte an einem Theaterstück geschrieben, bei dem sie ihn unterstützte. Es war eine luftvolle, intensive Zeit gewesen. Das Lied aus der Bar holte ihn ein. Nach der Heimfahrt aus den Bergen hatte ihn Nelly nach einem zweistündigen Streit gefragt, ob er sich für oder gegen die Beziehung entschied. Er hatte die Antwort lange hinausgezögert, aber sie wollte nicht aufgeben und eine Entscheidung. Er hatte vorgeschlagen, eine ‚Beziehung auf Probe' zu führen, woraufhin Nelly lauthals protestierte und erklärte, dass sie das unmöglich durchstehen könne. Aber er fühlte kaum noch etwas für sie. Selbst ihre Tränen waren für ihn nicht mehr als salzige Flüssigkeit. Mitten in der Nacht hatte sie ihn gebeten, heimzufahren. Eine Woche später umarmten sie sich wieder.

Obwohl er sich noch eine Zeitlang beobachtet fühlte, rückte Nelly langsam in den Hintergrund, und beim Erreichen des Hotels war sie wieder Teil der alten Welt. Am Gang zum Zimmer war es fast dunkel. Nur das Notlicht warf einen Schimmer auf den knarrenden Boden. Er versuchte mehrmals, die Tür mit der Schlüssel-Karte aufzusperren und ärgerte sich über das fehleranfällige System. Beim fünften Mal leuchtete endlich das grüne Lämpchen.

Im Zimmer zog er den Vorhang zu, dimmte das Licht und bot Fábia, die sich an die Bettkante gesetzt hatte, etwas zu trinken an. Er selbst leerte einen Kräuterbitter, da er seit dem Nachhausegehen seinen Magen spürte. Fábia erzählte ihm von der Schaffner-Kontrolle in der Metro, dem Umherirren in den Gassen, ihrer Absteige ohne Handtücher und Toilettenpapier.

„Dann bist du bei mir gut aufgehoben", sagte er. „Wie hat dir denn der heutige Tag gefallen?"

„Ich mag die Dunkelheit. Und das Lokal ist wirklich sehr schön. Weißt du, in der Nacht fliege ich oft über die Stadt und muss mich tagsüber vor der Sonne verstecken. What do you call animals that hang upside down in caves?"

„We call them Fledermaus. Like flying mice."

Sie nickte und streichelte ihn am Hals.

„A drop of blood. If I could suck one drop of your blood, I could have a bit of you inside me." Ihre Worte verdichteten sich, aus ihrem Mund wuchsen Zähne. Er folgte ihren Lippenbewegungen und konnte sich kaum mehr konzentrieren. Er streichelte ihre Beine. Sie nahm seinen Kopf, drückte ihn zwischen ihre Schenkel, und er zog ihre Strumpfhose aus, bevor sie ihm den Pullover über den Kopf streifte. Was folgte, war eine Bilderflut: ihr Gesicht, das Lokal von vorhin, die Karlsbrücke. Die Umarmung. Sekundenlang tauchte Nelly auf, aber sie war zu weit weg und hinter eine Nebelwand verbannt.

* * * *

Die Nacht liegt über Prag, und in meinen Armen schlummert Taina. Ich schließe die Augen, die Mauern um uns lösen sich auf und wir treiben im Bett über Prags Dächer, dem Laurenziberg zu. Dort springen wir ab und laufen nackt über die Hänge, in Erwartung des Morgens. Aber spätestens bei Tagesanbruch wären wir wohl in einem Maulwurfshügel verschwunden, um uns gegenseitig Mut zuzusprechen. Ich öffne die Augen, schiebe Tainas Arm vorsichtig beiseite und setze mich an den kleinen, viel zu niedrigen Tisch. Immer wieder muss ich mich umdrehen, um ihr Gesicht zu sehen: Es strahlt eine Zufriedenheit aus, die ich bei Cora in den letzten

Jahren zunehmend vermisst habe. Ihr Mund ist leicht geöffnet, fast so, als wolle sie mit mir reden. Ich wende meinen Blick von ihr und versuche, mich auf die Silben am Bildschirm zu konzentrieren. Irgendwo fällt eine Tür ins Schloss. Ich höre eine Frau lachen. Als sich eine Männerstimme dazumischt, beginnen die beiden zu streiten. Es knallt. Absätze rattern über den Boden. Taina dreht sich zur Seite und stöhnt leise.

* * * *

Kurz vor Mittag weckte sie der Lärm eines Presslufthammers.

„What time is it?", fragte Fábia.

„Sieben Uhr dreißig", antwortete er. Sie gähnte, er richtete sich auf und gestand ihr die wirkliche Zeit. Fábia protestierte, indem sie ihn auf die Matratze zurückdrückte und die Decke wegzog. Sie verschwand im Bad. Als sie zurückkam, hatte er sich in den Reiseführer vertieft.

„Heute könnten wir uns den Veitsdom anschauen." Nicken.

„Und das Goldgässchen?" Erneutes Nicken.

„Den Altstädter Ring? Deine Bauchnabelgegend?" Erst, als er ihren Kopf hielt, endete die Auf-Ab-Bewegung.

„Bist du sicher, dass du alles sehen willst? Dann würde ich nämlich vorschlagen, dass wir gleich aufbrechen."

„Ich muss vorher in mein Hotel. Treffen wir uns in zwei Stunden bei deiner Metrostation?"

Einige Zentimeter Schnee bedeckten den Asphalt vor dem Hotel, als er ins Freie trat. Leicht verspätet und mit feuchter Stirn erreichte er den Treffpunkt. Fábia war ihm zuvorgekommen; er entdeckte sie in der Mitte der Rolltreppe und rief ihren Namen.

„See you downstairs!"

Bevor sie in der Tiefe verschwunden war, lief er über die Stufen nach unten und holte sie ein. Während der

Fahrt mit der U-Bahn entschieden sie sich für ein Frühstück im jüdischen Viertel. Unweit des Kafka-Museums fanden sie ein Café, das den Namen des Schriftstellers trug. Die Inneneinrichtung war in dunklem Holz gehalten, die Ausstattung spärlich. Auf den Wänden fanden sich Zitate Franz Kafkas, wobei ihm eines nur allzu vertraut war: *Was verbindet Dich mit diesen festabgegrenzten, sprechenden, augenblitzenden Körpern enger als mit irgendeiner Sache, etwa dem Federhalter in Deiner Hand? Etwa dass du von ihrer Art bist? Aber Du bist nicht von ihrer Art, darum hast Du ja diese Frage aufgeworfen.*

Sie wärmten sich mit Kaffee und einem Gespräch über die vergangene Nacht. Fábia strich über die Maserung der Tischoberfläche. Wie in Zeitlupe fuhr sie die Vertiefungen nach und zeichnete Muster darauf: Kreise, Zahlen, Glocken und Schwäne.

„Ich habe gestern nicht gut geschlafen", sagte sie. „Ich habe geträumt, dass ich in einem kleinen, dunklen Zimmer bin, und du warst bei mir. Aber nicht wirklich. Ich habe gespürt, dass du da bist. Aber immer, wenn ich nach dir greifen wollte, habe ich ins Leere gegriffen."

Nach dem Frühstück brachen sie Richtung Hradschin auf. Fábia machte sich über ein Verkehrsschild lustig, das einen Erwachsenen mit Kind zeigte, und nahm ihn an der Hand. Wenige Schritte später glitten ihre Finger auseinander. Er überlegte, ob er nicht doch lieber Hand in Hand durch die Stadt spazierte und war im selben Moment froh über die Zwanglosigkeit, mit der sie sich fortbewegten. Vor seiner Fahrt nach Prag hatte er sich mit David über die Definition von Beziehung unterhalten. David hatte erklärt, es sei kennzeichnend für Pärchen, sich an der Hand zu nehmen. Er erwiderte, dass sich daraus eine Zwanghaftigkeit entwickeln könne: Würde man den Partner nämlich nicht an der Hand nehmen, so könnte es ihm und anderen signalisieren, dass etwas nicht stimme. ‚Und warum lässt du Fábia nicht in dein Schloss einziehen?', hörte er Nelly sagen, ‚warum lässt du mich nicht einfach fallen?' Jemand blies die Fanfare. In seinen Eingeweiden traten Nelly und Fábia zum Turnier an. Aber anstatt sich gegenseitig zu bekämpfen, stand plötzlich er selbst in der Mitte des Turnierplatzes, und mit voller Wucht stießen sie ihm ihre Lanzen in die Eingeweide. Die Spitzen begannen sich zu drehen. Er war unfähig, sich zu bewegen. Sie stopften ihm beschriftete Blätter in den Mund und banden seine Hände und Füße zusammen. Dann standen sie auf der Karlsbrücke. ‚Hast du mich betrogen?', fragte Nelly, und bevor er antworten konnte, packten ihn beide an den Füßen und hoben ihn hoch. Der Sturz übers Brückengeländer war unausweichlich. Während er in den Fluten versank, konnte er beide ganz deutlich sehen.

„Hast du dir gestern etwas gewünscht?", fragte Fábia, als sie bei der Statue des Brückenheiligen vorbeikamen.

„Nein ... mein Wunsch war schon erfüllt."

Sie zog ihre Mundwinkel nach oben, und er legte seine Hand auf das Relief. Hinter ihm warteten bereits fünf Asiatinnen auf ihr Glück. Nachdem sie am Laternenhaus vorbeigekommen waren, näherten sie sich über die Nerudagasse dem mächtigen Burgkomplex. Er erzählte Fábia vom Namensgeber der Gasse, der hier seine Kleinseitner Geschichten geschrieben hatte. Sie hörte mit einem Ohr zu und fragte ihn plötzlich, ob er schon mit Nelly telefoniert hatte.

„Ich habe sie nicht erreicht", log er.

Beim Aufstieg über die Schlossstiege vermengte sich Schneegeruch mit dem frischer Waffeln. Aber heute war kein Verkäufer da. Der belebte kleine Platz von damals war leer und verschneit, und nur in seiner Erinnerung lebte die Szenerie auf: Nelly hatte ganz weiße Lippen vom Staubzucker, und er küsste ihr den Mund wieder frei. Er bekam damals fürchterlich Magenschmerzen von der Unmenge an verdrückten Waffeln, weshalb er den restlichen Tag im Bett verbrachte.

Der weitläufige Hradschiner Platz tauchte auf. Wie immer standen zwei Soldaten beim Eingangstor zum ersten Burghof, senkrecht unter den Kämpfenden Giganten, die um einiges dynamischer wirkten als die versteinerten Wachen. Fábia drückte ihm den Fotoapparat in die Hand und stellte sich neben einen der Soldaten. Er zoomte ihr Gesicht heran, bis es über den Bildrand hinausging: Lider, Augenbrauen, ihre Lippen in zartem Mandarin. Sogar ein kleines Muttermal unter dem Ohr fiel ihm jetzt auf. Er prägte sich ihr Gesicht ein und hoffte, es als ständig abrufbereites Bild in seinem Kopf zu behalten. Fábia war ungeduldig. Sie schaute zum Soldaten, drehte sich zu ihm, lachte und richtete ihren Mantelkragen. Bevor er abdrückte, zoomte er weg und nahm den Soldaten mit aufs Foto. Im Burghof marschierten weitere Uniformierte mit wuchtigen Schritten ihre vorgegebene Runde. Vor dem Veitsdom blieben sie stehen.

„Möchtest du hineingehen?", fragte er Fábia.

„Is it worth seeing it?"

„Man muss es gesehen haben."

Er öffnete das wuchtige Portal, und sie betraten das Innere des Doms. Wie immer untertags erstrahlte er in einem goldgelben Licht. Fábia marschierte zielstrebig zu einem Auskunftsautomaten.

„Ich brauche ein paar Münzen", flüsterte sie und kramte in ihrer Geldbörse. Während sie sich über die Geschichte des Doms informierte, suchte er das Grab des heiligen Nepomuk auf. Im kostenpflichtigen Teil der Kathedrale war seine Zunge in einem Reliquienbehälter aufbewahrt, die der Legende nach bei der Ausgrabung seiner Gebeine noch völlig unversehrt in der erdverkrusteten Mundhöhle gelegen war. Um ihn herum strömten Touristen. Der Weihrauchgeruch machte ihn leicht benommen, und bevor er darüber nachdenken konnte, ob er Nelly am Abend anrufen sollte, stand er vor dem silbernen Grabmal.

* * * *

Obwohl es draußen schneit, erstrahlt der Dom in einem goldenen Licht, als würde die Sonne im Zenit stehen. Taina tupft ihren Finger ins Weihwasser und zeichnet sich ein Kreuz auf die Stirn. „Gehen wir zum Altar?", fragt sie. Wir drängen uns an einer Touristengruppe vorbei, und ich lasse ihre Hand los, um leichter voranzukommen. Im vorderen Teil des Doms ist es leerer. Ich stelle mich in eine Nische und drehe mich nach Taina um. Von hinten schiebt sich eine weitere Gruppe Richtung Altar. Taina ist nirgends zu sehen.

* * * *

Als er zum Automaten zurückging, stand Fábia vor der Absperrung zur Wenzelskapelle.

„Eigentlich mag ich Kirchen nur von außen. Aber du hast Recht. Es ist wunderschön hier", flüsterte sie ihm ins Ohr.

Nach einer halben Stunde verließen sie den Dom und spazierten weiter über den Georgsplatz. Er war gespannt, wie Fábia auf das Goldene Gässchen reagieren würde, jene Häuserzeile am Hradschin, in der die Alchimisten nie Gold hergestellt hatten und er sich immer ins Mittelalter zurückversetzt fühlte. Vor einem hellblauen, in den Boden geduckten Haus mit der Aufschrift 22 blieben sie stehen. Hier lebte und schrieb Franz Kafka eine Zeitlang auf Kosten seiner Schwester, die das Haus als Liebesdomizil gemietet hatte. Er sah Kafka hinter dem Fenster sitzen, den Kopf auf seine Hände gestützt. Er sah müde aus. Er klopfte ans Fenster, Kafka öffnete und er fragte, ob er sich neben ihm einmieten könne. Aber Kafka winkte ab, es gebe genug Gründe, dass er allein bliebe. Außerdem käme er in Versuchung, seine Texte zu verbrennen, es sei ja Winter und die Kohle knapp.

„Was meinst du, wollen wir etwas Warmes trinken?“, fragte er Fábia, und sie bedankte sich mit einem Kuss auf die Stirn. Sie fanden ein kleines Café unterhalb des Goldgässchens und tranken dort Kaffee und heiße Schokolade. Als sie sich wieder einigermaßen aufgewärmt hatten, spazierten sie zum Altstädter Ring, wo er Fábia eine gerahmte eine Schwarzweiß-Fotografie kaufte, auf der ein Ausschnitt der Karlsbrücke abgebildet war.

„I hoped to get something that reminds me of you and Prague!“, sagte sie, und er genoss es, das Leuchten in ihren Augen zu sehen. Am Himmel schwanden die letzten gelb-orangen Lichtstrahlen. Ziellos gingen sie weiter und standen plötzlich vor der Pinkas-Synagoge. Beim Betrachten des Preisschildes für die Synagogen-Tour zögerte Fábia und erklärte, dass sie die Eintrittspreise überzogen fand.

„Glaub mir, der alte jüdische Friedhof ist einer der schönsten Orte in Prag“, sagte er. „Willst du ihn wirklich nicht sehen?“

Bevor sie eine Antwort geben konnte, steuerte ein Mann schnurstracks auf sie zu und stellte sich vor ihn: Er habe seine Geldbörse verloren und müsse dringend seinem Bruder ein E-Mail senden, da er ihn am nächsten Tag treffe und ihm etwas sehr Wichtiges mitzuteilen habe und ihn nicht anders erreichen könne, da er sein Handy nie dabei habe und es ohnehin meist ausgeschaltet sei. Bevor er die Sache auf den Punkt brachte, erklärte er ihm, dass er gern Kafka lese und beschrieb ihm den Weg zum nächsten Internet-Café.

Nach dem Abendessen in einem Restaurant mit Kommunismus-Dekor wollten sie wieder ins Kellergewölbe vom Vortag, das sie jedoch geschlossen vorfanden. Sie entschieden sich für eine Bar auf der Kleinseite und blieben dort bis zur Sperrstunde. Auf dem Rückweg zum Hotel machten sie einen Abstecher zum Moldauufer. Unweit der Karlsbrücke fanden sie einen Platz, an dem sich Enten, Schwäne und ein Liebespärchen eingefunden hatten. Müde erreichten sie das Hotel, und er legte sich sofort ins Bett, während Fábia im Bad verschwand. Er schaltete den Fernseher ein, drehte sich zur Seite und war schon am Einschlafen, als Fábia ihren Kopf durch den Türspalt steckte.

„Du musst das Licht ausschalten", sagte sie, „I'm shy." Er lachte sie aus, mit ihrem Körper habe sie keinen Grund, sich zu verstecken, und außerdem sei sie kein Vampir. Dann erzählte er ihr von seinem Buch. Neugierig und ein wenig verunsichert fragte sie nach, was er von den gemeinsamen Erlebnissen einbauen werde.

„Ich finde es schön, dass du über mich schreibst", sagte sie. „Das hat noch nie jemand für mich getan."

Sie legte ihren Kopf auf seine Brust, und er strich über ihr nasses Haar. Am nächsten Tag würde er wieder allein im Bett liegen und daran denken, wie er ihr übers Haar strich. Die Zimmerdecke kam bedrohlich näher. In Gedanken zog er ihr das Handtuch vom Körper.

Hauptbahnhof. Sie durchquerten die lärmende Halle und suchten den Weg zur Gepäcksaufbewahrung. Fábia trug einen kleinen, hellblauen Hut und zog ihren Koffer hinter sich her. Nachdem sie das Gepäck abgegeben hatten, fuhren sie zum Wenzelsplatz, wo sich Fábia ein Buch über die Entstehung Prags und einen Stoff-Koala kaufte, den sie ihm später in die Hand drückte mit den Worten „Nimm ihn in dein Bett, wenn du nicht schlafen kannst!"

Gegen Mittag stiegen sie die Wendeltreppe zum Altstädter Brückenturm hoch und kamen mit einem leichten Schwindelgefühl zur Aussichtsplattform. Beim Ausgang blies ihnen ein eisiger Wind ins Gesicht. Fábia ging um die Ecke und hielt beim Blick Richtung Hradschin. Unter ihnen wälzten sich Menschenmassen über die Karlsbrücke. Er spielte laut mit dem Gedanken, dass sich eine Zinne aus der Verankerung lösen und auf eine vorbeischlendernde Touristengruppe fallen könne. Fábia erklärte ihn für verrückt und zog ihn weiter. Sein Versuch, ein Foto von ihr zu machen, scheiterte an ihrer Hand vor dem Sucher. Der Schneefall wurde dichter. Er streckte seinen Arm über die Zinnen und sammelte Flocken auf dem Handschuh.

„I don't want to leave. I'm worried about you", sagte sie.

„Du musst dich erst um mich sorgen, wenn du weggefahren bist!"

Sie blickte auf die Uhr und umarmte ihn; es war an der Zeit, zum Bahnhof zu fahren. Sie suchten den Weg zur Metro und liefen bei Rot über die Straßen. In der U-Bahn-Station stiegen sie in den einfahrenden Zug und merkten erst nach drei Haltestellen, dass sie in die falsche Richtung fuhren. Die Minuten vergingen im Sekundentakt. Dann standen sie am Bahnsteig. Alles schien ihm wie im Traum, und erst, als er Fábia im abfahrenden Zug sitzen sah, realisierte er, dass er sie nun längere Zeit nicht mehr sehen und spüren konnte.

Fast wie von selbst bewegten sich seine Füße über die Pflastersteine. Getrieben von innerem Aufruhr und auf der Suche nach Fábia ging er zurück ins jüdische Viertel. Hier, wo die Nationalsozialisten das ‚Museum einer ausgestorbenen Rasse' errichten wollten, war noch ein

Teil des alten Prags zu spüren. Das Prag der verborgenen Treppen. In seiner Stirnhöhle lag zentimeterhoch Eis, und er wurde das Gefühl nicht los, als hätte ihm Fábia beim Verabschieden ein Seil um den Hals gebunden und hielte das Ende fest umklammert. Mit jedem Schritt wurde die Luft enger und kam er ihr in Gedanken näher. Als er ihr am Bahnhof sagte, dass er sie abends wieder sehen wollte, sah sie ihn traurig an und versuchte zu lächeln. ‚I really don't know what to do without you', hatte sie gesagt. ‚Perhaps I will just close my eyes and I will keep them shut 'till you embrace me.'

Er kaufte sich das von Fábia verschmähte Ticket für die jüdischen Sehenswürdigkeiten und sah, wie sie mit Tränen in den Augen aus dem Zug blickte und ihm nachwinkte. Nach der Besichtigung der Altneusynagoge ging er in die nur einen Straßenzug weiter liegende Pinkas-Synagoge. An der Garderobe musste er seinen Rucksack und Mantel abgeben. Er zog ein Gebetskäppchen aus dem Korb und warf einen Geldschein in den Sammelbehälter. Nelly hatte sich damals im Reflex ebenfalls ein Käppchen genommen und aufgesetzt, obwohl sie wusste, dass es Männern vorbehalten war. Erst als er sie darauf aufmerksam gemacht hatte, ließ sie das Käppchen errötend wieder im Korb verschwinden.

Er näherte sich einer Wand mit den Namen ermordeter Juden.

Ela 12.VI 1905-28.IV 1942. Hana 13.IX 1916-4.VIII 1942. Nelly 25.VI 1937-18.XII 1943.

Die Namen waren so dicht aneinander geschrieben, dass sie nach und nach verschwammen. Siebenundsiebzigtausendzweihundertsiebenundneunzig jüdische Bürger Böhmens und Mährens. Oder nur die Ziffer 77.297 auf Papier. Existenzen, eines jeden einzelnen Leben, Existenzen, zu Zahlen reduziert. *Die Ungeheuerlichkeit der Taten erhält sinnlich wahrnehmbare Gestalt*, las er im Reiseführer und beobachtete ein jüdisch-orthodoxes Ehepaar, das sich von der Wand abwandte. Er verließ die Synagoge und ging hinaus in die zweite Kälte, auf den alten jüdischen Friedhof. Schnee hatte sich auf die schiefen Steinplatten gelegt, und es schien, als wären sie im Boden verwurzelt und würden nach oben hin auswachsen. An diesem Ort hatte er vor Jahren einen Stein vom Grab Rabbi Löws, dem Prager Oberrabbiner und angeblichen Schöpfer des Golems, genommen und als Andenken in seine Hosentasche gesteckt. Später hatte er nachgelesen, dass es jüdischer Brauch war, ihren Verstorbenen Steine auf die Gräber zu legen. Er zog den Stein aus seiner Manteltasche und legte ihn wieder an die für ihn bestimmte Stelle, in der Hoffnung, Rabbi Löw würde ihm verzeihen.

Als er wieder sein Hotelzimmer betrat, war der Boden biegsam, fast gummiartig, und ihn fror. Er zog die Vorhänge zu und legte sich nieder. Aber er fand keine Ruhe. Der Gedanke an Fábia hämmerte in seinem Kopf, und für zwei Stunden war er unfähig, irgendetwas zu tun. Solange denken. Solange denken, bis sie neben ihm lag, bis sie gemeinsam auf der Wiese am Laurenziberg gingen und die Wolken über ihnen treiben sahen. Mehr und mehr ersehnte er das Läuten des Telefons.

* * * *

Ich habe mich mit Taina bei der Rolltreppe verabredet, aber sie ist verspätet und ich suche sie im Eingangsbereich der Metro. Dann höre ich eine U-Bahn einfahren und eile zur Rolltreppe. Als ich unten ankomme, verschwindet der letzte Waggon im Dunkel. Ich gehe zurück, und im Durchgang fliegt eine Taube an meinem Kopf vorbei. Ganz leicht spüre ich den Windhauch. Und wenn sie mich getroffen hätte? Wenn sie mit ihrem Schnabel in meiner Stirn stecken geblieben wäre, mit ihren Flügeln um sich schlagend, und ich weder ein noch aus gewusst hätte?

* * * *

Am nächsten Tag, während eines Spaziergangs in der Altstadt, entdeckte er ein unscheinbares Gebäude unweit der Moldau. Von außen sah es aus wie eine verfallene Kapelle. Über der halboffenen Tür war ein Wappen erkennbar, das einem Doppeladler glich. Er zögerte einzutreten, setzte seine Füße dann aber doch über die Schwelle. Durch ein kleines Fenster fiel etwas Licht auf die Wand, die mit blauschwarzen Steinen eingefasst war. Im Altarbereich lagen Kerzenstummel und Scherben. Er tastete über die Mauer. Ein kleiner Stein brach heraus. Er hob seinen Kopf. An der Decke waren Bilder erkennbar: Häuser, Himmelsboten, Pflanzen und Fabelwesen. Fast bis zur Unkenntlichkeit verblichen war das Bild einer halbnackten Frau, die im Wasser stand und ihre Arme in die Höhe hielt. In ihrem Gesicht erkannte er Züge von Fábia.

Gegen sieben bekam er einen Anruf von Nelly. Auf ihr „Vermisst du mich schon?“ sagte er sein „Was glaubst du denn? Natürlich fehlst du mir!“, und fragte sich in der darauf folgenden Stille, ob sie ihm seine Worte abkaufte. Im Nachhinein erinnerte er sich daran, was ihm Fábia über ihr letztes Telefongespräch mit ihrem Freund erzählt hatte, bei dem die ganze Zeit über eine fremde Stimme aus dem Hörer gekommen war, in einer ihr unbekannten Sprache.

Nach dem Anruf setzte er sich an den Tisch und nahm sich vor, einige Seiten zu schreiben. Es blieb beim Vorsatz. Er schlüpfte in seine Jacke und entfloh der Rechteckigkeit des Zimmers. Den Stadtplan hatte er zuhause gelassen, und rasch war jede Orientierung verloren. Ohne Ziel und Zeitgefühl irrte er übers Straßenpflaster. Die Stadt klappte auf wie ein Rippenbogen, und in seinem Kopf formten sich Sätze für den Roman. Sequenzen: eine Frau, die aus dem Hauseingang stürzte und ihm ein Messer ins Herz stieß. Ein zerlumpter Mann, der ihm trotz seines schlechten Beines auf den Fersen blieb. Eine dunkle Gestalt mit Umhang, gesichtslos. Prostituierte waren wie Wachsfiguren am Straßenrand platziert und sahen ihn an, als bestünde sein Körper nur aus Fleisch und einer Geldbörse. Unweit des jüdischen Rathauses begegnete er wieder Kafka, den man laut seinem Reiseführer ohnehin auf Schritt und Tritt antraf. Er nutzte die Gelegenheit und setzte sich auf seine Schulter. Beim Zehn-Uhr-Glockenschlag stand er vor dem hell erleuchteten Strahov-Kloster. Von einer Baustelle aus schoss er Fotos und spazierte über den Hradschin zurück. Unweit des Schwarzen Turms drehte sich ein Soldat nach ihm um, als er seine Schritte hörte. Er fotografierte ihn, der Soldat ließ das Gewehr ruhig in den Armen. Fábias Ruhe. Ihr Lachen. Die Weichheit ihrer Hände. Kein einziges Mal waren sie einander in die Haare geraten, und diese unendliche Leichtigkeit, mit der sie durch Prags Straßen geflogen waren, drückte ihn jetzt mit aller Gewalt auf den Boden. In der Nacht kämpfte er um Schlaf.

Kampa. Teufelsbach. Die St. Niklaskirche im hellen, warmen Mittagslicht. Eine Straßenbahn donnerte heran, Menschen stiegen aus, die Bahn fuhr um die Ecke. Als er die Kirche betreten hatte, war es noch sonnig gewesen; beim Verlassen hatte sich der Himmel verfinstert, und die ersten Tropfen klatschten auf den Asphalt. Er flüchtete ins Kleinseitner Kaffeehaus. Vor einem halbrunden Glasfenster fand er einen freien Platz mit gutem Blick auf den Kleinseitner Ring und las in Kafkas *Prozess* weiter.

„Nein", sagte der Geistliche, „man muss nicht alles für wahr halten, man muss es nur für notwendig halten." „Trübselige Meinung", sagte K. „Die Lüge wird zur Weltordnung gemacht."

Über den Platz eilten Menschen, während er sich kaum auf sein Buch konzentrieren konnte. Ein Mann presste sein Gesicht ans Glas. Er starrte ihn an, bis er sich von ihm abwandte. Es donnerte, die nächste Straßenbahn fuhr ein, und er bekam sein Getränk und das Sandwich serviert. Als er das Kaffeehaus verließ, hatten sich die Regentropfen weiß gefärbt. Er blickte zurück und bemerkte, dass die Glasscheibe, hinter der er gesessen hatte, von außen undurchsichtig war.

Den restlichen Tag widmete er dem Kauf von Geschenken. Sein Körper zeigte erste Anzeichen einer Erkältung, und er legte sich früh ins Bett. Schlafen ... Die Unmöglichkeit frühen Schlafs. Vielleicht hatte er zuviel Kaffee getrunken, vielleicht lag seine Schlaflosigkeit daran, dass in den letzten Nächten eine geliebte Person neben ihm gelegen hatte, die ihm nun fehlte.

* * * *

Der Zug fährt ab, und ich sehe mich auf den Gleisen liegen und auf einen einfahrenden Zug warten. Ich hätte mit Taina in den Waggon steigen und nach Hause fahren können. Aber Prag ist stärker, und das ist gut so. Hierher kann ich zurückkehren, hier kreuzten sich die Wege meiner letzten Beziehungen, und obwohl ich Taina bereits vermisse, bin ich froh, wieder allein zu sein. Die Schienen rauschen. Ein neuer Zug fährt ein und ich verlasse den Bahnsteig.

* * * *

Im Zimmer war es heiß und stickig. Mit John Cales 23 *Solo Pieces for La Naissance de L'Amour* im Ohr schrieb er an seinem Roman weiter. Die Töne ließen ihn immer weiter zurücktreiben, weit in die Zeit vor Fábia. Bilder von der Adria tauchten auf, eine Bootsfahrt im Meer. Er war in einem großen, holzverkleideten Saal, es war fünf Uhr morgens. Die Farbe Mintgrün. Straßengeräusche. Einsame Höhenwege, irgendwo in den Schweizer Alpen. Dann lief er mit Fábia über die Karlsbrücke, und die Skulpturen um sie begannen zu tanzen.

Als er aufwachte, war es zu spät für ein Frühstück im Hotel, und er beschloss, das jüdische Viertel aufzusuchen. Café Kafka. Mattes Licht von drinnen. Es kam ihm heute nur noch wie eine Kulisse vor: Als wäre es für eine einzige Szene gebaut worden und hätte jetzt seinen Zweck verloren. Er setzte sich an den gleichen Platz wie mit Fábia, und die Kellnerin sah ihn bei der Bestellung an, als würde auch sie jemanden vermissen. Die Maserung des Tisches stach ihm ins Aug. Vielleicht waren darin Hautschuppen verborgen. Er strich über das Holz und spürte weiches Fleisch. Die Kellnerin stellte den Kaffee auf den Tisch. Während er den Schaum von der Oberfläche löffelte, malte er sich aus, was sein würde, wenn er nach Hause käme und Fábia fort war. Ohne Nachricht, ohne ihm irgendeine Spur zu hinterlassen. Während er sich Notizen für den Roman machte, nahm der Sessel gegenüber die Form eines Mundes an, und aus seinen Augen schwappte roter Lehm. Er schob einen Zettel in den Mund des erschaffenen Körpers: Hätte er zu leben begonnen und Fábia geheißen, wäre er der erste gewesen, der sich seiner angenommen hätte.

Spätabends ging er noch in eine Bierstube. Er bekämpfte sein Halsweh mit kaltem Pilsner und unterhielt sich mit einem tschechischen Pärchen, das sich zu ihm an den Tisch gesetzt hatte. Dana, eine ältere Studentin, erkundigte sich nach seiner Motivation, nach Prag zu fahren, und er erzählte vom Roman.

„Wenn der Schriftsteller in deinem Buch du selbst wärst, würdest du dann auch so handeln wie er?“, fragte sie und zwinkerte ihm zu.

„Würdest du glauben, dass ich selbst in meinem Buch vorkomme, hättest du mich dann gefragt?“ Die beiden lachten, und Alan, Danas Freund, bestellte eine Runde. Er nutzte die Gelegenheit, sie auf das Haus an der Kampa anzusprechen.

„Das Licht leuchtet Tag und Nacht“, erklärte Dana. „Man sagt, in dem Haus sei ein Baby gestorben. Seitdem steht eine Laterne am Balkon.“

„Die hat sogar noch geleuchtet, als hier die Sowjets überall die Lichter auslöschten“, ergänzte Alan.

„Das ist ihrer Gründlichkeit entgangen.“

„Denen ist mehr entgangen, als du glaubst!“, rief er und stand auf. Als er zur Toilette ging, deutete Dana zum Eingang.

„Siehst du den Mann dort vorne?“, fragte sie ihn und erzählte ihm seine Geschichte. Der pensionierte Lehrer war nach einem Konzertbesuch nach Hause gegangen und einer altmodisch gekleideten Frau begegnet. Er hatte sie zuerst ignoriert und sich dann, da er betrunken war, über ihr Aussehen lustig gemacht. Die Frau hatte ihn ersucht, ihr zuzuhören. Sie habe zur Zeit der Assanierung des Judenviertels ein uneheliches Kind im Keller versteckt, und als das Haus abgerissen wurde, sei es in den Trümmern ums Leben gekommen. Sie bat ihn, ihr bei der Suche des Kindes zu helfen. Aber er hatte sie ausgelacht und beiseite gestoßen. Kurz darauf erkrankte eines seiner Kinder an Diphtherie.

„Das Kind starb, und die Frau wurde nie wieder gesehen. Du kannst dir vorstellen, wie die Leute über ihn reden“, flüsterte sie ihm ins Ohr, bevor sich Alan wieder zu ihnen gesellte.

Sie blieben noch lange sitzen, tauschten ihre Adressen aus und verabschiedeten sich. Dana wünschte ihm das

Beste für sein Buch, und er lud die beiden ein, ihn bei Gelegenheit zu besuchen. Am Nachhauseweg dachte er an seine Rückkehr, an Nellys Empfang am Bahnhof. Sie würde jemanden in die Arme schließen, dem sie vertraute. ‚Und? Wie war's?', würde sie ihn fragen und ansehen, als stünde ohnehin nur eine Antwort zur Auswahl. Im Hotel schrieb er am Buch weiter. Nach einer halben Seite gab er auf. Sein Wunsch, Fábia anzurufen, trieb ihm Schweiß auf die Stirn. Vielleicht war es auch die fortgeschrittene Verkühlung; er nahm den Telefonhörer und wählte Fábias Nummer. Bevor er das Freizeichen erhielt, legte er auf.

Packen. Schlüsselabgabe. Die Metro zum Bahnhof. Rückfahrt in die Altstadt. In einem Antiquariat im jüdischen Viertel fand er ein Buch mit alten Aufnahmen von Prag, und zu seinem Erstaunen entdeckte er beim Durchblättern ein Foto der verfallenen Kapelle. Er zögerte nicht lange und kaufte das Buch für Nelly.

Hlavní nádraží. Hauptbahnhof. Das Schild zog an seinen Augen vorbei, und er hörte Fábia, wie sie den Namen aussprach. Sie wiederholte die Worte so lange, bis sie sich annähernd tschechisch anhörten. Hlavní nádraží. Ihre Stimme war da, aber er hatte wieder ihr Gesicht verloren. Dafür tauchten andere Bilder im Zeitraffer auf: die Turmspitzen der Teynkirche, ein Budapester Labyrinth. Ein kleiner dänischer Bahnhof namens Køge. Die Fahrt mit Nelly aus dem Prager Bahnhof vor vier Jahren.

Vor dem Fenster türmten sich die ersten Satellitensiedlungen auf. An einem der Betonblöcke sah er ein Bett hängen, Fábia und er lagen darin, umarmt, ohne zu fallen. Und was würde am nächsten Tag sein? Die Weichen waren nicht gestellt, der Zug kannte seine Richtung nicht. Er gab sich einen Ruck und sprang aus dem Fenster. Lief über verschneite Felder, ziellos, ins weithin geöffnete Land. Der Schaffner riss die Tür auf und sagte etwas, das er nicht verstand. Vögel flogen mit dem Zug um die Wette und zogen den Kürzeren. Mit Unbehagen sah er einen Körper hinter Bäumen verschwinden, der ihm allzu bekannt schien. Während ihm die Wärme des überhitzten Waggons seine Augen zudrückte, streckte er seine Beine aus und machte es sich auf dem Sitz bequem. Jetzt war die Rückfahrt kein bloßer Gedanke mehr. Seit einer Woche hatte er keine Zeitung mehr gelesen und wusste nicht einmal, wie die letzten Wahlen in seiner Heimat ausgegangen waren. Aber es interessierte ihn momentan genauso wenig wie die Korrektur eines Textes, der neben ihm lag.

Krallen

* * * *

Prag lässt nicht los, die Krallen der Stadt reichen weit über deren Grenze hinaus. So wie der Mond für die einen nur ein Platzhalter, ein Dekorations-Objekt am Himmel ist, und ihm andere ihren seelischen Zustand zuschreiben, so ist Prag für mich mehr als eine Anhäufung von Straßen, Gassen, Häusern. Die Stadt vervielfältigt mich und wird zu meinem Ort des Erinnerns. Doch das Schönste ist: Ich schreibe wieder. So ganz geschützt und in die Arbeit eingekrochen, wie ich es vor zwei Jahren war, bin ich heute nicht, immerhin habe ich doch einigen Sinn bekommen. Ich kann wieder ein Zwiegespräch mit mir führen und starre nicht mehr in vollständige Leere.

* * * *

Als er Nelly am Bahnhof in die Arme schloss, sprengte sich ein Stein von seiner Brust. Sie fuhren in ihre Wohnung, aßen, spazierten und schliefen miteinander. Es war, als hätte sich nichts zwischen sie gekeilt, und er fiel aus den Prager Wolken in eine andere weiche Sphäre. Da waren Gefühle, Stimmungen, Gerüche von weither, in ein fremdes Kostüm verpackt, als hätte Nelly nichts von seinen Nachtflügen bemerkt. Selbst Fábia war in jenem Moment so weit weg, dass er kaum an sie dachte. Dann erinnerte er sich an sein Geschenk und kramte es aus der Tasche. Erwartungsvoll sah sie ihn an, löste die Klebestreifen und zog das Buch aus der Verpackung.

„Du musst aufpassen, der Einband ist nicht sehr stabil!“, warnte er zu spät.

Nelly blätterte im Buch, bedankte sich mit einem Kuss für das Geschenk und drückte ihn an sich.

„Ich möchte, dass wir das nächste Mal wieder gemeinsam nach Prag fahren“, sagte sie. „Ich lasse dich nicht mehr allein weg.“

Zum zweiten Mal versank er in den Fluten der Moldau. Er stellte sich vor, dass er in Prag geblieben war, Arm in Arm mit Fábia und eng an sie geschmiegt durch die Stadt ging.

„Wenn du mehr Zeit hast, nehme ich dich mit. Zu zweit ist Prag viel schöner, und wir haben beim letzten Besuch so vieles noch nicht gesehen ... Aber das kannst du in meinem Buch nachlesen.“

„Hast du gut arbeiten können?“

„Ich habe ein Kapitel geschrieben. Du kommst auch darin vor.“

„Das ist das Mindeste, was ich mir erwartet habe! Ich hoffe, du hast auch sonst ein paar Mal an mich gedacht.“

Als sie im Bett lagen, ließ ihn eine Szene für sein Buch nicht mehr los, und im Halbschlaf organisierte er Blatt, Stift und ein Feuerzeug für die Kerze.

* * * *

Wie lange sitze ich schon zuhause, im Glauben, dass sie auf mich wartet. Wie lange sitze ich schon hier, um zu schreiben, um meiner inneren Aufruhr Ausdruck zu verleihen. Hätte ich sie getroffen, wären meine Worte in mir geblieben und verloren gewesen. So aber bleibe ich, in Anbetracht des Bildschirms, denke jede Minute an sie und glaube, dass auch sie auf mich wartet, jetzt, im Moment. Ich hasse mich dafür, sie und mich warten zu lassen und weiß, dass mir nichts anderes übrig bleibt, wenn ich meinen Roman voranbringen will. So geht es. So wäre es immer gegangen, hätte ich die Möglichkeit dazu gehabt und die innere Aufruhr, die ich nun trotz allem positiv wahrnehme.

* * * *

Er blies die Kerze aus. Nelly murmelte unverständliche Worte und drehte sich zu ihm. Plötzlich schlug sie wie wild geworden um sich. Sie beruhigte sich wieder, fuhr ihm dann mit der Hand übers Gesicht und drückte seinen Hals. Er war kurz davor, sie zu wecken, ließ sie aber weiterschlafen. Im Halbdunkel sah er ihren Mund, der leicht nach oben gezogen war, fast so, als würde sie grinsen. Vorsichtig zog er ihre Hand von seinem Kopf und legte seinen Arm um ihre Brust.

Um acht war er hellwach und wusste nicht, ob er geschlafen hatte. Dann erinnerte er sich aber daran, dass er im Traum bei einem Freund gewesen war, der ein Dachgeschoss bewohnte. Sie tranken Wein, er erzählte ihm von Fábia und rief Nelly an, um ihr zum Geburtstag zu gratulieren. Er gestand, dass er kein Geschenk für sie hatte, und sie stritten, bis sie den Hörer auflegte. In diesem Moment stand Fábia im Zimmer. Sein Freund zog sie von ihm weg, öffnete ein Dachfenster und forderte sie auf, zu verschwinden. Als sie hinausgestiegen war, versuchte er nochmals, Nelly anzurufen, konnte aber das Handy nicht mehr finden; Fábia musste es mitgenommen haben. Er rief seinem Freund zu, er solle auf der Straße nach ihr sehen, während er seinen Kopf durch die Dachluke steckte. Da stand sie, auf einem Bein, die Arme weit von sich gestreckt. Das Handy hatte sie zwischen Schulter und Wange geklemmt. Er stieg aufs Dach, stürzte sich auf sie, trat dabei auf eine lockere Schindel und rutschte aus. Fábia hatte ihn offenbar nicht bemerkt; als er sie im Fall niederriss, schrie sie etwas von menschlicher Verlogenheit. Sie rollten zum Dachrand und er versuchte, sich aus ihrer Umklammerung zu lösen. Aber sie hielt ihn mit ihren Armen fest. Er starrte sie an. In ihren Augen schwammen tote Fliegen. Er hörte Nelly von der Straße rufen und wachte auf.

Nelly hatte das Frühstück zubereitet, und bei Kaffee und Fladenbrot sprach er sie auf die vergangene Nacht an.

„Du hättest mich heute Nacht fast erschlagen!"

„Sei froh, dass ich dich nicht erwürgt habe."

„Reichst du mir bitte die Butter?"

Während des Frühstücks merkte er, wie sein rechtes Auge zuckte, unregelmäßig, aber konsequent. Tick-Effekt oder das Voranzeichen eines Schlaganfalls, las er im Medizinbuch nach und entschied sich für die erste Variante. Womöglich war es auch eine Folge seiner Verkühlung, die ihn seit seiner Rückkehr aus Prag quälte und von Tag zu Tag schlimmer wurde. Sein Rachen war wundgehustet und die Nase rann, als würde die ganze Woche aus seiner Stirn fließen. Der ständige Eiswind in Prag, die Müdigkeit, das Alleinsein gegen Ende hin. Nach dem Frühstück holte er ein Grippemedikament aus seiner Medizinkiste und durchsuchte sie dann nach überflüssigen Medikamenten. Siebzehn davon befand er für ausmusterungswürdig, schüttete die Flüssigkeiten in die Toilette und spülte jedes Mal nach, um den Fluss des Abschieds mit einem Gefühl der Erleichterung zu verbinden. Die Pillen waren ein Fall für den Mülleimer. Unkorrekt, aber definitiv das Richtige für seine Stimmung. Den restlichen Tag widmete er dem Weiterschreiben an seinem Roman. Die Finger bewegten sich rasch und füllten den Bildschirm mit lebendigen Zeilen. Was war das für ein wunderbares Gefühl, sich fallen zu lassen und niemandem nichts entgegenzusetzen, einfach im Moment zu leben, zu schreiben.

* * * *

Während des Essens denke ich an nichts anderes als an den Handlungsverlauf der Geschichte und neue Szenen. Als ich vor dem Computer sitze, habe ich plötzlich Angst, dass der Roman von mir Besitz ergreift, genieße aber gleichzeitig das Gefühl, mehr aus einer Geschichte herauszuholen, als mir je möglich war. In Gedanken bin ich in Prag. Auf meinem Schoß sitzt Taina und nimmt mir die Sicht auf den Bildschirm, als wollte sie meine ganze Aufmerksamkeit auf sich allein lenken. Ich blicke durch sie hindurch. Und sie wird zum Wort und sitzt am Schoß des Schriftstellers, der es schreibt.

* * * *

Er fuhr auf, als er einen Schlüssel im Türschloss hörte.

„Störe ich dich beim Schreiben?", rief ihm Nelly entgegen, zog Schuhe und Jacke aus und küsste ihn. Er begrüßte sie und schrieb an seinem Text weiter. Nach einiger Zeit merkte er, wie sie hinter ihm stand und ihn beobachtete. Aber anstatt sich umzudrehen, baute er die Situation in seinen Roman ein.

* * * *

Dann steht Cora hinter mir und sieht zu, wie sie zu Literatur wird. Ich könnte sie fragen, wie ihr Tag war oder einfach aufstehen und sie in die Arme schließen. Aber ich schreibe weiter, um nicht aus dem Roman gezogen zu werden in ihre Welt. ‚Komm, lass das Spiel', höre ich sie sagen, ‚ich habe jetzt wirklich keine Lust dazu.' Ich könnte ihr sagen, dass es kein Spiel für mich ist und die Figuren und Gespräche im Roman in den meisten Fällen der Wirklichkeit entlehnt sind. Ich warte darauf, dass sie etwas erwidert.

* * * *

Schon bei seinen letzten zwei Büchern hatte Nelly festgestellt, dass sie zu einem Teil seiner Literatur geworden war, und ihn mehrfach darauf angesprochen, dass sie mit manchen Szenen nicht einverstanden war. Er hatte sie beruhigt und darauf hingewiesen, dass er sie nie exakt abbilden würde, sondern sich immer nur Teile von ihr in seinen Texten wiederfänden. Die Literatur, so hatte er ihr erklärt, sei voller autobiografischer Elemente. ‚Und warum kannst du mich nicht so beschreiben, dass ich mich gerne in deinen Texten wiedererkenne', hatte sie gefragt, ‚du bist doch der Schriftsteller und kannst darüber bestimmen, wer wie dargestellt wird. Du hast die Macht über deine Figuren.' Er hatte einzuwenden versucht, dass seine Figuren nur allzu oft ein Eigenleben entwickelten, dem er machtlos gegenüberstand, aber Nelly hatte abgewinkt und sein Argument als haltlos bezeichnet. Das, was er schreibe, komme immer von ihm, und so liege auch die Letztverantwortung bei ihm als Schöpfer seiner Figuren.

Er blickte über seine Schulter und bemerkte die Anspannung in Nellys Gesicht.

„Kannst du dich bitte umdrehen, wenn ich mit dir reden möchte", sagte sie.

„Ich schreibe noch diese Seite fertig. Dann habe ich Zeit für dich."

„Ich möchte aber jetzt mit dir reden."

„Ich bin am Arbeiten. Das siehst du doch!"

„Wir haben uns den ganzen Tag nicht gesehen. Da wirst du doch einen Moment für mich Zeit haben.

„Fünfzehn Minuten, dann bin ich für dich da."

Nelly redete weiter und hielt ihm eine Moralpredigt, aber er ließ sich nicht davon abbringen, weiterzuschreiben, und hielt ihre Worte fest, als wäre er ihr Privatsekretär, Seismograph oder lebendes Diktiergerät. Dann wurde es plötzlich still hinter ihm. Er hörte auf, zu tippen. Im selben Moment riss sie seinen Drehsessel so heftig herum, dass er beinahe das Gleichgewicht verlor.

„Jetzt reicht es! Du hörst sofort auf zu schreiben, oder ich gehe."

Kurz liebäugelte er mit dem Gedanken, sich wieder umzudrehen und weiterzuschreiben, um später festhalten zu können, wie sich Nelly verhielt. Aber er besann sich eines Besseren.

„Wenn du am Computer arbeitest, warte ich, bis du fertig bist", sagte er. „Wenn ich schreibe, hat das für dich keine Bedeutung. Hat mein Roman überhaupt irgendeine Bedeutung für dich? Hast du noch immer nicht verstanden, wie wichtig mir das Schreiben ist und dass ich das Buch in einigen Monaten fertig haben möchte? Was hast du mir denn so Wichtiges zu sagen?"

„Ich will einfach, dass du mich wahrnimmst! Seit einigen Wochen habe ich das Gefühl, dass ich überhaupt nicht mehr existiere für dich. Und wenn, dann nur als literarische Erscheinung oder um über deine Texte zu reden."

„Ein Buch zu schreiben, wenn man kaum Geld verdient, heißt, gegen die Zeit zu arbeiten. Das weißt du und das habe ich dir oft genug gesagt."

„Und es ist unserer Beziehung nicht unbedingt dienlich, wenn du mich links liegen lässt!"

„Ich lasse dich nicht links liegen. Aber ich muss dann schreiben, wenn ich die Muße dazu habe."

„Dann halte deine Muse wenigstens fest."

Er stand auf und schloss Nelly in die Arme. Während er sie festhielt, sah er seinen Protagonisten, wie er fassungslos neben ihm stand und den Kopf schüttelte. So kommst du nicht weiter, hörte er ihn sagen. So kommt jede Emotion zum Erliegen. Ich habe Angst um meine Existenz, hörte er ihn sagen, und versprach ihm insgeheim, ihn weiter am Leben zu erhalten.

Beim Abendessen entschuldigte sich Nelly für ihr Verhalten und erzählte, dass es in der Arbeit Probleme gab und sie jemanden zum Reden brauchte. Als Wiedergutmachung wollte sie wieder etwas von ihm lesen. Nach dem Essen druckte er ihr das Kapitel über Prag aus und legte sich, während Nelly mit dem Lesen begann, vor den Fernseher, wo ein Bericht über einen Nobel-Skiort gesendet wurde. Stress im Hotel beim abendlichen Gala-Dinner. Der leitende Küchenchef fertigte seine Mitarbeiter im Sekundentakt ab und strahlte dabei für die Kamera. Fünf Nerzmäntel saßen im Freien und bewunderten fallende Schneeflocken. Ein älterer Mann ließ sich von einem Hubschrauber tausend Meter höher fliegen und sah dabei nicht erhabener aus. Ein Pferd, das im Hotel ungeniert vor den Füßen der Gäste seine Äpfel verteilte, wurde freudig beklatscht. Kaviar de luxe. Beim Betrachten der Sendung fiel ihm seine Skizze für eine Installation ein, die er schon lange im Kopf trug. Sie zeigte eine skelettierte Frau in einem diamantenen Sarg und trug den Titel ‚*Diva, gealtert*'.

Nach dem Bericht folgte eine Dokumentation über das Ende des Zweiten Weltkriegs. Man sah Kriegsverbrecher, die der Reihe nach zu einem Baum geführt wurden, bevor Soldaten ihre Gewehre anlegten, abdrückten und das Entmenschte fortzerrten. Mord für Mord in Schwarz-Weiß. Die Särge standen bereit. Der Baum erschien ihm bei längerem Betrachten als Körper, der sich aus der Erde streckte. Ein Baum, der für den Tod wuchs. Es gab keine Orientierung, keine Richtung, es war das Chaos schlechthin. Einem der Männer, der angeblich zwei Gefangene umgebracht hatte, war im Gegensatz zu den anderen Verurteilten ein schwarzes Tuch um die Augen gebunden, als würde er so nicht im Angesicht seiner Mörder sterben. Der Bericht erinnerte ihn an Francisco de Goyas Radierung *Große Heldentat! Mit Toten!*: ein schief aus der Erde ragender, spärlich bewachsener Baum. Ein friedlich aus dem Boden ragender Baum, idyllisch fast, vielleicht ein warmer Sommertag, sonntags. Drei Menschen. Männliche Leichen, davon eine zerstückelt in Kopf, Arme und Restkörper. Heldentat! Mit Toten! Wobei die heldenhafte Tat darin bestand, die Körper so am Baum zu befestigen, dass sie nicht zur Erde fielen. Aber schon Kinder lernten, wie man Kugeln und Girlanden richtig am Weihnachtsbaum aufhängte; und betrachteten verängstigt Sebastian am Pfahl, von Pfeilen durchbohrt. Einer der Männer in der Dokumentation konnte sogar ein Abbild davon sein, nur fehlten die Pfeile im Körper. Früher hatten sich die Menschen unter dem verhüllten Gesicht des Scharfrichters versammelt und dem nahenden Tod bang und lüstern ins Aug geblickt. Nun drehte man den Fernseher auf und holte sich Todesszenen bequem nach Hause.

„Können wir jetzt über deinen Text reden?" Er hatte Nelly nicht kommen gehört und schaltete den Fernseher ab. Sie hatte nicht viel gefunden, störte sich aber vor allem an jener Szene, bei der sein Protagonist mit Taina im Bett lag – für sie wirkte die Beschreibung zu künstlich und kalt. Sie empfahl ihm, die Szene zu überarbeiten und natürlicher wirken zu lassen. Er wagte es nicht, ihr zu widersprechen. Da er den Wunsch nach frischer Luft verspürte, schlug er einen Spaziergang vor, und wenig später spazierten sie entlang eines nahe gelegenen Weihers, der sich vor einem Barockschloss ausdehnte. Die Mondkugel. Der aufkommende Geruch nach fauligem Wasser. Nelly begann, über Prag zu reden, befragte ihn zu verschiedenen Szenen im Roman, und er wunderte sich über ihr wiedererwachtes Interesse an seiner Literatur.

„Eine der schönsten Szenen spielt für mich im Veitsdom", sagte er. „Es ist die Stelle, an der sich mein Protagonist und Taina aus den Augen verlieren. Ich war mir nicht sicher, ob sie ihn wiederfinden soll. Taina hätte ja wie vom Erdboden verschluckt sein können, und ich hätte nicht einmal ihre Adresse gehabt."

Zu spät bemerkte er die Verfänglichkeit des Ausgesprochenen. Er musste aufpassen, dass Nelly die selbstgelegte Schlinge um den Hals nicht zuzog.

„Siehst du, soweit bin ich schon", sagte er, „ich fange an, zu meinem eigenen Protagonisten zu werden."

„Pass nur auf, dass es kein autobiografischer Roman wird. Sonst kannst du dir jemand anderen zum Lesen suchen."

„Glaubst du wirklich, ich würde dir eine autobiografische Geschichte zum Lesen geben?“ Er hoffte, dass Nelly nichts von der Kreide in seinem Mund ahnte, und zerschlug seine Zweifel. Prag ließ nicht los, sie beide nicht. Das Mütterchen hatte Krallen. Kafkas Worte rotierten im Bauch, und Bilder vom Moldauufer und dem Strahov-Kloster tauchten auf. Für einen Moment hatte er sogar den Ankunftsgeruch in der Nase, vermengt mit dem Duft frischer Waffeln.

Nelly hatte ihre Hand in seine Manteltasche gesteckt, und er umklammerte den feuchten Lederhandschuh. Plötzlich schreckte sie vor zwei hochfliegenden Enten zurück. Er lachte, sie fand es weniger lustig und drängte, umzukehren.

„Meine Füße tun weh“, sagte sie und zog ihn Richtung Wohnung.

„Du hast doch keine Angst vor den Enten?“

Sie zündete sich eine Zigarette an und blies den Rauch steil gegen den Abendhimmel. Er fühlte sich um drei Jahre zurückversetzt, als sie gemeinsam auf einer griechischen Insel ihren Urlaub verbracht hatten. Nelly hatte sich damals bei einem Spaziergang am Hafen vor tief fliegenden Möwen zu Tode erschreckt und wäre beinahe ins Wasser gestürzt, und ihm war nichts Besseres eingefallen, als ihr eine Vogelphobie zu unterstellen. Fast hatte er seinen restlichen Urlaub allein verbringen müssen.

„Weißt du was“, sagte er, „wir gehen jetzt nach Hause, und du bekommst eine Fußmassage. Versprochen.“

Niederungen

Auch nach zwei Tagen hatte sich Fábia noch nicht bei ihm gemeldet, und im Gegensatz zu seinem Protagonisten konnte er nicht länger warten und griff zum Telefon. Er ließ es lange läuten. Fábia hob nicht ab. Da nur noch zwei Tage bis zu ihrer Abreise nach Brasilien blieben, beschloss er nach weiteren vergeblichen Anrufen, zu ihrer Wohnung zu fahren und ihr eine Nachricht durch die Tür zu schieben, falls er sie nicht zuhause antraf. Länger als gedacht schrieb er an den wenigen Zeilen.

Am Weg zu Fábia beschlich ihn zunehmend Unsicherheit über den Sinn seines Vorhabens, auch über seine Gefühle zu ihr. Vielleicht war es nur die anfängliche Weißglut, die er fühlte, bei der alles in gleißendes Licht getaucht wurde. Bis die ersten Raben von der Decke starrten, sich Gewohnheiten ins Haus schlichen, zuerst im Wohnzimmer ausbreiteten und schließlich im Bett landeten. Aber waren das Gründe, den Anfang abzulehnen? Fábia bäumte sich in seinem Kopf auf. Sie streckte ihre Arme bei den Ohren hinaus und hielt ihm die Hände vors Gesicht. Er roch ihre Haut. Er atmete den Duft ihres Körpers, während sie sein Gesicht abtastete, als würde sie eine Maske formen für die Zeit nach ihrem Abschied. Er beschleunigte seinen Schritt mit dem Wunsch, sie zuhause anzutreffen.

Als er vor der Tür stand, hörte er Geräusche von drinnen. Er wartete einen Moment, läutete, und dann stand sie vor ihm und strahlte ihn an.

„Ich habe mir einen Tee gemacht und wollte mich gerade wieder ins Bett legen“, sagte sie, umarmte ihn und ging in die Küche.

„Bist du krank? Darf ich reinkommen?“, rief er, ohne einen Schritt zu tun. Fábia nickte, kam mit einer dampfenden Tasse zurück, zog ihn in den Vorraum und sperrte die Tür hinter ihm ab. Sie gingen ins Zimmer und setzten sich an den Tisch. Dann seine zaghaften Versuche, Eruptionen des Magens: „Ich bin durch Prag gegangen und – habe dort etwas vermisst. Ich bin wie ein kleiner Hund, der etwas sucht, durch die Stadt gelaufen.“

„Möchte mein kleiner Hund vielleicht auch einen Tee?“

„Ohne Zucker, bitte.“

Nachdem sie ihm den Tee gebracht hatte, setzten sie sich aufs Bett.

„Warum hast du dich nicht gemeldet?“, fragte er.

„Ich war krank und habe gewartet, dass du mich anrufst.“

„Aber ich habe dich angerufen! Ich habe es heute viermal versucht, aber du bist nie ans Telefon gegangen. Ich habe schon Angst gehabt, dass ich dich nicht mehr vor deinem Abflug sehen kann.“

„Aber jetzt bist du hier“, sagte sie und küsste ihn.

„Und wie geht es dir? Kann ich etwas für dich tun?“ Fábia schüttelte ihren Kopf und legte ihn dann an seine Brust.

„Es geht mir schon wieder besser. Ich habe dich einfach zu lange nicht gesehen.“

„Weißt du schon, wie lange du in Brasilien bleibst?“

„Drei Monate, wenn alles gut geht. Ich habe dir ja erzählt, dass ich meine Prüfung schaffen muss. Aber, ich will jetzt nicht daran denken, dass ich fahren muss.“

„Dann bleib!“

„Wirst du an mich denken?“, fragte sie nach einer Weile.

„Du fehlst mir jetzt schon. Aber ich finde es schön, wenn wir die wenige Zeit noch genießen können.“

„Ich muss dich trotzdem vergessen."
„Warum vergessen?"
Fábia sah ihn an, ohne ein Wort zu sagen. Dann wandte sie ihren Blick ab.
„Du weißt nicht, was ich für dich empfinde."
„Und wenn ich dasselbe für dich empfinde? Kannst du es mir dann sagen?"
„Ich weiß nicht."

Er sah sich im Roman, neben einer Frau liegend, die nichts verriet. Warum war alles magisch an ihr und so selbstverständlich leicht? Und welches Recht hatte er, sie für sich zu beanspruchen, da sie nicht einmal eine Beziehung führten und er Nelly betrog? ‚Du hättest es leichter haben können', hörte er Nelly sagen, ‚aber du wolltest ja deine Impulse für das Buch.' Er konzentrierte sich auf Fábias Atemrhythmus. Von ihrer Haut strömte ein leichter, feiner Duft, den er so gern roch, noch immer roch, wie lange noch, wie lang. Plötzlich hielt er inne. Was geschah, wenn sie nach drei Monaten zurückkam? Sie würde noch für kurze Zeit in seiner Stadt bleiben und dann für immer nach Brasilien zurückkehren ... Er hatte noch nie so direkt daran gedacht, sondern das Szenario immer in weite Ferne gerückt, wie in eine andere Welt. Aber die Zeit rückte im Minutentakt vorwärts, und schon jetzt konnte er eine kalte Klinge an seiner Kehle spüren. Das, was er eben noch zu Fábia gesagt hatte – dass er es schön fände, die wenige Zeit noch zu genießen –, schien im plötzlich überzogen, fast lächerlich.

Als hätte Fábia geahnt, was er dachte, richtete sie sich auf, zog seinen Kopf zu sich und küsste ihn lange und leidenschaftlich. Dann hielt sie ihre Hand mit gespreizten Fingern in die Luft, und er legte seine dazu. Er sah Rodins Skulptur *La Cathédrale* und zwei Hände, um Jahre gealtert. Wie ein Blitz fuhr Nelly in dieses Bild. ‚Das ist meine Hand', hörte er sie rufen, ‚du hast mir gesagt, dass du mit mir alt werden möchtest!' Er schloss seine Augen und konzentrierte sich auf die gelben Punkte, die sich im Dunkel abzeichneten. In einem entdeckte er ein bekanntes Gesicht – es war ein alter Schulfreund, von dem er schon seit Jahren nichts mehr gehört hatte. Bevor er näher darüber nachdenken konnte, wie es ihm ging, fuhr ihm eine Hand über den Bauch und zog Worte heraus, von denen er nichts geahnt hatte. Fábia schaltete das Licht aus und zündete eine Kerze an, während er am noch immer heißen Tee nippte. Sie nahm ihm die Tasse aus der Hand, drehte ihn auf den Bauch und setzte sich auf seinen Po. Ihre Hände gruben sich unter seinen Pullover.

„My little dog ... does he need some rescueing?"

Ohne eine Antwort abzuwarten, bohrten sich ihre Finger in seine Haut. Dann zog sie ihre Kleider aus und massierte ihn, bis er sich umdrehte und sie ansah. Der Kerzenschein warf zuckende Schatten in ihr Gesicht und verlieh ihm dämonische Züge.

„Hast du ein Kondom?", fragte er.

„Was soll ich mit einem Kondom machen?", sagte sie erstaunt. „Wait!" Ihr fiel ein, dass vielleicht doch irgendwo eines herumliegen musste, ein Souvenir ihrer Tante, „from Amsterdam". Auf seiner Stirn sammelte sich Schweiß. Sie suchte das halbe Zimmer ab, fand das Kondom in einer Schublade und drückte es ihm in die Hand. Er kontrollierte das Ablaufdatum. Sie kniete sich aufs Bett. Als er in sie eindringen wollte, war das Kondom zu trocken, vielleicht auch sie.

„Give it away", flüsterte sie, „I want to feel all of you." Er zögerte, dachte an Nelly und Aids und ungewollte Kinder, und versuchte es aufs Neue. Er stellte sich vor, wie Fábia reagieren würde, wenn er sich wegdrehte. Der Gedanke weitete sich zu einer Phantasmagorie aus, in der sie wortlos aus dem Zimmer ging und nicht mehr zurückkam. Fast im selben Moment schlug ihm mit voller Wucht ein Vorschlaghammer auf den Hinterkopf und zwei Walzen zerquetschten seinen Unterleib. Fábia kniete noch immer vor ihm. Ein kleiner Hund, der ihm Leid tat.

„What's up?", fragte sie leise. „Don't you want to sleep with me?"

„Sorry. Es geht nicht."

„Ok. Never mind."

Die Hitze, die sich in ihm ausbreitete und ihn von innen her röstete, erreichte eine bedenkliche Dimension. Er hatte keine Ahnung, was in ihm vorging, und sein Kopf flüchtete nach Prag. Er war ein Fremder in dieser Stadt, die ihn durchsetzt hatte. Er war nur ein Fremder. Worte rotierten. Er bat Fábia um Stift und Zettel, um sie niederzuschreiben. Es lag jetzt an ihm, die Situation zu retten. Sie brachte ihm beides, schenkte Tee nach und ging ins Bad. Als sie zurückkam, lief alles wie im Roman ab: Sie legte sich zu ihm unter die Decke, und sie küssten sich. Sie streichelte seinen Bauch, sein Becken, nahm sein Glied in die Hand, massierte es und verschwand mit dem Kopf unter der Decke. Er spürte Zeilen. Er spürte Fábias Mund und spürte Tainas Mund in einer befremdenden Gleichzeitigkeit. Dann war er im Prager Hotelzimmer und hörte John Cales 23 *Solo Pieces for La Naissance de L'Amour*, bis ihn Fábias Worte wieder ins Bett zurückholten.

Beim Einschlafen dachte er an Nelly. Er erinnerte sich an einen Spaziergang am Meer, es musste schon Jahre her sein. Sie gingen damals kurz vor Mitternacht am Strand entlang, als er ihr sagte, dass es aus sei, und all das erzählte, was sich seit langem in ihm aufgestaut hatte. Sie hörte ruhig zu und unterbrach nur ein einziges Mal, als er eine Situation verwechselte. Sie setzten sich in ein an den

Strand gezogenes Rettungsboot und blieben dort über eine Stunde in einiger Distanz zueinander. Es läge nicht nur an ihm, wenn er weitermachen wolle, hatte Nelly gesagt und von einer gemeinsamen Zukunft gesprochen.

Er blieb noch länger wach. Irgendwann kam er auf die Idee, aufzustehen, sich anzuziehen und heimzufahren. Er schaffte es bis ins Bad. Im Spiegel starrte ihn das Gesicht eines armen Hundes an, poetisch: der Liebe ergeben. Seine Hautfarbe war blasser als sonst, auch waren dunkle Augenringe sichtbar. Was Nelly in diesem Moment machte? Ob sie bereits schlief oder noch fernsah? Dachte sie gerade an ihn? Und wenn, in welcher Stimmung und mit welchem Gefühl? ‚Was soll ich von dir denken', hörte er sie, ‚du hast dich ohnehin schon gegen mich entschieden.' Aber er war der Schriftsteller und er hatte die Macht über seine Figuren. Bevor er sich zu Fábia ins Bett legte, notierte er auf den Zettel:

einbauen: Traum mit Taina im Bett, bevor er in sie eindringt. Bruch. Sie wehrt sich dagegen, heftig; Cora anwesend, aber nicht wirklich. In der Nacht wacht er auf, Dämmerung, Atemgeräusche, ganz leise, aber niemand im Zimmer; schläft schlecht und ist am Morgen wie zerstört

Vormittags spazierten sie zu seiner Wohnung. Er ging neben Fábia und hätte sich in diesem Moment niemand anderen neben sich gewünscht als sie. Sie hatte ihn wieder ins Leben zurückgeholt, das er so lang vermisste, durch sie war er wieder zu jemandem geworden, der sich nicht zuhause verkroch und darauf wartete, dass die Zeilen zu ihm kamen. Nun reichte er dem Morgen die Hand, in Erwartung eines wortreichen Tages. Gerne hätte er ihr gesagt, dass er sie liebte, dass er sich vorstellen konnte, auch noch in fünfzig Jahren neben ihr zu gehen und ihre Hand in seiner zu halten. Aber er dachte daran, dass manche Dinge zerstört wurden, wenn man sie aussprach, und so gingen sie schweigend am Fluss entlang.

Beim Frühstück klagte Fábia über Schmerzen in der Gebärmutter. Er gab ihr ein Schmerzmittel, das sogleich in ihrem Mund verschwand.

„Das passiert mir in letzter Zeit öfter“, erwiderte sie seinen besorgten Blick.

„Verhütest du?“, fragte er wie nebenbei.

„Sorry?“

„Du wolltest gestern ohne Kondom mit mir schlafen.“

Sie ließ ein „Oh“ aus ihrem Mund und lächelte verlegen. „I don’t know what happened to me yesterday. I …“

Bevor sie weiterreden konnte, läutete es an der Tür. Er deutete ihr mit dem Finger, still zu sein. Fábia sah ihn unsicher an.

„Sicher ein Keiler oder ein Sektenmitglied. Die versuchen es immer wieder“, sagte er leise.

„Und wenn es deine Freundin ist?“

Sie warteten eine Weile und hörten dann hallende Schritte, die leiser wurden. Er atmete auf. Und wenn es wirklich Nelly gewesen war? Wenn sie an der Tür gestanden und sie reden gehört hatte? Es wäre keine Szene mehr für seinen Roman gewesen, sondern sie hätte ihm eine allzu reale Szene gemacht und als Konsequenz die Beziehung beendet, davon ging er aus.

„Do you still love her?“, fragte Fábia.

Er wusste nicht, was er antworten sollte und nahm Fábias Hand, um *La Cathédrale* zu formen.

Am nächsten Tag stand er mit ihr frühmorgens vor dem wartenden Taxi und hielt sie fest umschlungen.

„Du kommst ja wieder zurück, und zwischendurch schreiben wir uns oder rufen uns an“, flüsterte er ihr ins Ohr.

Fábia schüttelte den Kopf.

„That’s not fair, that’s just – not fair.“

„Was? Was ist nicht fair?“

Er drückte sie fester an sich und merkte, wie seine Wangen feucht wurden. Lähmung, für einen Moment. Dann zog er ein Taschentuch aus seiner Hosentasche und trocknete ihre Tränen. Aus ihren Augen tropfte Blut. Er küsste sie. Sein Spielobjekt.

„Ich möchte nicht fahren. Was soll ich zuhause? Kannst du nicht mitkommen?“ Sie vergrub ihren Kopf in seinem Mantel.

„In drei Monaten sehen wir uns wieder, wenn du mich dann noch sehen willst.“

„Don’t smile! That’s not funny!“

„Schreib mir, ob du gut angekommen bist. Ich warte auf deine Nachricht!“

Sie stieg ins Taxi, so langsam, als würde sie hoffen, dass er sie zum Bleiben aufforderte oder nachkam. Lange konnten sie ihren Blick nicht voneinander lösen.

Katharsis

Er lag auf der Couch in einem leicht abgedunkelten Zimmer und stellte sich eine Frau vor, die neben ihm saß und deren Gegenwart ihn beruhigte. Er verschränkte seine Arme hinter dem Kopf und streckte die Füße durch.

„Also gut, wenn sie wollen, beginne ich gleich zu erzählen. Es gibt zwei Frauen in meinem Leben, Fábia und Nelly, die eine im Herz, die andere am Hals. Aber ich lebe nicht mehr mein Leben, verstehen Sie, ich lebe das Leben hundert anderer Menschen. Ich löse mich allmählich auf und komme mir abhanden. Ist das genug fürs Erste? Haben Sie mich schon schubladisiert? Gut. Ich rede weiter. Ich möchte Ihnen zuerst etwas über Nelly erzählen, meine langjährige Freundin, die mir immer und immer wieder beteuert, wie sehr sie mich liebt. Ich muss Ihnen gestehen, dass es mir ungemein schwer fällt, über sie zu sprechen, obwohl ich sie noch immer küsse und mit ihr Zärtlichkeiten austausche. Aber wenn ich nach ihrer Hand greife, ergreife ich Fábias Hand. Wenn ich in ihre Augen sehe, erblicken mich Fábias Augen. Wenn ich ihren Mund berühre, ist es Fábia, die mich küsst. Warum wage ich nicht den ersten Schritt und spreche Nelly darauf an, dass es nicht mehr ihr Körper ist, den ich liebkose und streichle und in den ich eindringe, dass es diesen Körper in meinem Empfinden schon lange nicht mehr gibt?

Und Fábia? Sie hat sich zu einem pulsierenden Teil meines Lebens verselbständigt, der sich mit Worten kaum mehr fassen und bändigen lässt. Das ist es, was ich so lange gesucht, so lange vermisst habe, dieses Rumoren im Bauch, dieses Gefühl, in einer neuen Welt zu leben, einer Welt voll Steigen und Fallen. Fábia war die Axt für das gefrorene Wortmeer in mir. Sie hat mich aus meinem linearen Leben austreten lassen wie einen Eremiten, der nach Jahren der Einsamkeit plötzlich seinen Fuß in eine Großstadt setzt und dabei von einem Schwall an Eindrücken empfangen – nicht erdrückt – wird, die er vorerst nicht einzuordnen vermag. Und das muss so weitergehen und darf kein rasches Ende finden, denn es wäre das Ende meines Romans.

Nelly ... Verstehen Sie mich nicht falsch, sie ist kein Antonym zu Liebe geworden. Aber die ständigen Streitereien und Unsicherheiten, die vielen schwarzen Flecken. Und einen Tag später kann ich sie wieder umarmen, als hätten sich alle dunklen Gedanken aufgelöst. Lassen Sie es mich mit Metaphern versuchen. Alle Annäherungen an Nelly sind der Beginn des Schweigens. Ihre Worte stehen gegen mich wie Zinnsoldaten, und ich komme nicht dagegen an. Die Liebe hat sich wie ein Anker am Boden der Bequemlichkeit festgekeilt und hält das Traumschiff fest, sodass es jedem Sturm standhält, kurz vor dem Untergang – sich nicht vor und zurück bewegt, sondern höchstens nach unten. So. Genug davon.

Halten Sie mich nicht für abartig, wenn ich Ihnen sage, dass ich Fábia auslöschen könnte. Sie ist die einzige, die von allem weiß und nicht daran glaubt, dass der Großteil des Romans erfunden ist. Aber nein. Natürlich wäre ich nie in der Lage, ihr ein Haar zu krümmen, und außerdem mag ich sie und ihre Haare. Ja, ich habe sie gern, sehr gern, aber meine Liebe gehört Nelly. Denn wie würde es mit Fábia weitergehen? Irgendwann wäre ich dort angelangt, wo ich mit Nelly angekommen bin, und die nächste Frau, die mich reizte, würde am Liebeskarussell einfahren. Was würden Sie mir raten? Ich gebe offen zu, dass ich im Moment nicht den Mut habe, Fábia die Wahrheit zu sagen. Und ich halte nichts von aufklärenden Briefen oder Telefonanrufen. Glauben Sie mir, ich will nicht an Ihrem Image kratzen, aber im Grunde glaube ich gar nicht daran, dass Sie mir helfen können. Ich bin eigentlich nur hier, um jemanden zur Aussprache zu haben. Sie sind meine Priesterin im Beichtstuhl, wenn Sie den Vergleich gestatten.

Ja, die beiden liegen mir am Herzen, die eine hinten, die andere vorn, und sie drücken, sie pressen dagegen, als wollten sie es zermalmen. Das Wort Liebe muss seinen etymologischen Ursprung in dem Wort Leben haben, auch wenn Leiden gefährlich nahe liegt. Wenn ich an Fábia denke, ist mir zum Weinen zumute. Dann dieses Wissen, dass ich sie jederzeit anrufen könnte und es doch nicht tue, eine Art masochistische Freude, die mir den Verstand raubt. Das hört sich jetzt vielleicht alles ein wenig nach Kategorisierung an. Soll es aber nicht. Ich weiß, dass ich selbst an allem schuld bin, und ich muss mich an meinen eigenen Haaren aus dem Schlamm ziehen. Vielleicht ist das auch Ihr Job, Sie müssen ja zu Ihrem Geld kommen. Wissen Sie, manchmal habe ich das Gefühl, in einem großen Goldfischglas gefangen zu sein, und in meinen Unterarm sind zwei Namen geritzt, die ich nicht lesen kann. Die Hand blutet, sie hört nie auf zu bluten. Von Zeit zu Zeit schüttet jemand aus einem Plastiksack Piranhas ins Glas, und ich halte mich ruhig und sehe zu, wie sie mich umkreisen. Dann verschwinden sie wieder, und ich bin allein. Und blute weiter und warte auf das nächste Mal.

Sie können übrigens stolz auf sich sein! Sie sind der erste Mensch, mit dem ich so offen über alles reden kann. Sie meinen, ich könne stolz auf mich sein? Habe ich dazu einen einzigen Grund? Wissen Sie, ich möchte ehrlich zu Ihnen sein. Eigentlich sitze ich heute nur hier, weil ich wissen will, wohin sich mein Schreiben entwickelt und hören möchte, wie Sie mein Leben kommentieren, um es zu verarbeiten. Werde ich später Angst haben, wenn ich meinen Roman lese, und wäre die Angst ein Fortschritt? Wenn ich an meine früheren Texte denke, ist eine Distanz da und eine noch größere Nähe. Natürlich habe ich auch damals über Freunde und Bekannte geschrieben und ihre Themen zu meinen gemacht, aber glauben Sie mir, noch nie, in keinem einzigen meiner Texte, habe ich so viele Menschen aus meiner Umgebung als literarisches Material verwertet, wie ich es jetzt tue. Alle meine Untersuchungsobjekte sind wie der gehäutete Mensch in einem Anatomiebuch, sie sind Spielfiguren für das Funktionieren des Romans. Moment, das könnte im Exposé stehen, halten Sie das bitte fest.

Aber wer bestimmt das Spiel, wenn nicht die Figuren selbst! Dame gegen König und Bauer gegen Turm. Ich stelle die Figuren, wie ich sie brauche, und selbst Sie sind jetzt ein Teil davon. Nehmen Sie das nicht persönlich, Sie werden ja gut bezahlt dafür und erfahren zudem Dinge, die ich selbst meinen engsten Freunden nicht anvertrauen würde. Was meinen Sie, welche Rolle ich beim Schachspiel einnehme? Bin ich der Schöpfer, der Schachgott, der seine Figuren stellt und zieht, wie es ihm beliebt? Oder bin ich selbst nur ein Bauer? Ich habe Angst, dass irgendwann alle meine Figuren aus meiner Literatur hinaustreten und kein literarisches Material mehr für mich sind.

Ebenso wie der Herbstwald, das Meer mit Sonnenuntergang oder ein Akt im Auge des Fotografen zu abstrahierten Bildern werden, forme ich Menschen zu Worten, die sich zu einer Geschichte verbinden, und setze sie so in ein neues Leben. Ich mache mich zum Herrscher dieser Figuren, ich mache sie mir zu eigen und kann sie meine Worte sprechen und meine erdachten Wege gehen lassen.

Moment. Ich erinnere mich gerade an einen Traum. Ich liege im Bett, und da ist Rot an meinen Lippen, das ich erst an meinen Fingern, dann im Spiegel sehe, Rot wie von Lippenstift oder Blut. Dann erkenne ich zwei Frauen, sie liegen auf dem Bett, die eine halb über mich gebeugt, die andere am Rand. Beide starren mit halboffenen Augen an die Decke, als wären sie völlig abwesend. Die Frau am Rand ist halbnackt, nur mit einem Pareo bekleidet, während die Frau über mir ein hellblaues Kleid und Strümpfe trägt und nichts darunter. Ich weiß, wer die beiden sind, aber ich kann Ihnen keinen Namen nennen. Wollen Sie einen anderen Traum hören? Nein? Ich träumte letzte Nacht von einem Arzt, der bei mir eine Krankheit namens Dionysis lux diagnostizierte und mir nur noch wenige Tage zu leben gab. Der Kreislauf würde versagen, das Herz aufplatzen. Ich schrieb den Traum auf einen Zettel, um ihn nicht zu vergessen, und schlief wieder ein. Als ich gegen Mittag aufwachte und nach dem Zettel suchte, war er unauffindbar. Verdrängung, meinen Sie? Und wie deutet man einen Traum, in dem man ein Vogel ist, der sich immer wieder auf einen Leguan setzt, bis er von ihm attackiert und langsam aufgefressen wird, machtlos, sich zu helfen? Warum schweigen Sie jetzt? Sie sind doch hier, um mir zu helfen.

Gut, nächstes Problem. Können Sie das verstehen: Andere Bewusstseine haben mich in sich aufgenommen, man liest mich, ich setze mich durch; man spricht mich, ich bin in aller Munde als universelle und einzigartige Sprache; aus Millionen Augen schaue ich als neugierige Voraussicht; für den, der mich zu lieben weiß, bin ich seine geheimste Unruhe, will er mich berühren, so entziehe ich mich und verschwinde; ich existiere nirgends mehr, ich bin, endlich! Verzeihen Sie, das waren nicht meine Worte. Das war Jean-Paul Sartre. Sie müssen wissen, immer wieder stelle ich meine Berufung zum Schriftsteller in Frage, um sie im nächsten Moment als die mir einzig gemäße Existenzform zu bekräftigen.

Wer hat nun das Recht, darüber zu entscheiden, was gut für mich ist? Für mich, verstehen Sie? Wissen Sie, wie ich mich manchmal fühle? Ich fühle mich wie Lakritze, aus der man nach und nach den ganzen Zucker saugt. Bleiben wir bei Metaphern. Ich bin ein Frosch, der am Seerosenblatt sitzt und dessen Zunge herausschnellt, wenn sich eine Fliege nähert. Ich sauge durch meine Nabelschnur nur Nahrung aus der Welt. Was ich gerade sehe? Ich bin eine Fliege, die auf den Flügeln liegt und sich mit Hochgeschwindigkeit im Kreis dreht. ‚Hast du mich lieb?', fragt Fábia. ‚Hast du mich lieb?', fragt Nelly. ‚Sag ja!', sagen beide. Mir ist schwindlig, und ich nicke. Aber der Druck, dieser unglaubliche Druck im Kopf, der nicht nachlässt. Wie soll ich ihn deuten? Ja, ich weiß schon, das ist nicht mein Job. Also gut, ich schmiege mich an die Haut der beiden, die klebrig ist und nach Fliegengift riecht. Ich mag beide Körper, und beide machen mir Angst. Hoffnung? Was denn für Hoffnung? Was sollte ich hoffen? Dass Nelly mir glaubt, dass ich an sie glaube? Können Sie mir verraten, warum ich melancholisch werde beim Betrachten eines greisen Paares, das sich streitet? Können Sie mir erklären, warum ich erregt werde beim Gedanken daran, dass jetzt, in diesem Augenblick, unzählige Personen miteinander schlafen, befriedigt werden, sich in Lust austoben? Das finden Sie normal? Dann sind Sie selbst reif für eine Therapie! Und wieder eine Unsumme an Höhepunkten. Gleich. Jetzt. Ja. Sagen Sie, brauche ich Fábia, um Nelly lieben zu können? Und wieder ein Höhepunkt. Verzeihung. Wo war ich stehen geblieben?

Ich werde Ihnen noch etwas von meinem Roman erzählen. Von mir. Wissen Sie, das Gute ist, dass ich einen Roman schreibe. Und ich verrate Ihnen ein Geheimnis: Nicht ich bin es, der jetzt zu Ihnen spricht, sondern es ist mein Protagonist, der durch mich spricht. Wieso sollte ich Acht geben, mich nicht zu verlieren? Mir kommt ohnehin alles wie im Roman vor. Als würde ich Fábia und Nelly aus meinem Leben ins Lesbare holen. Denken Sie sich, ich habe schon wieder vergessen, wie Fábia aussieht. Ich werde mir ihr Gesicht nie merken. Aber ihre weichen Hände und ihr Blick, als ich ihr von Nelly erzählte, sind noch spürbar. Nichts gegen Sie, aber ich hätte jetzt lieber die beiden bei mir, um über Atlantis zu reden, über Prag, oder einfach nur, um nebeneinander zu liegen. Wie wir es nie getan haben. Wir konnten nicht. Eher hätten sie mir meinen Bauch aufgeritzt mit ihren Fingernägeln und Worten.

Wissen Sie, wie schön es ist, abends allein einzuschlafen, wenn man jemanden vermisst, den man zu sich träumen möchte? Aber es ist noch viel schöner, wenn man an der Seite eines Menschen einschläft, den man unter keinen Umständen missen möchte, der einem auch im Traum das Gefühl gibt, man würde lieben können. Wie die Stimme am Anrufbeantworter um drei Uhr nachts, die einen dorthin holt, wo man gern wäre. Und schöner noch, wenn man an morgen denkt, und das Morgen alle Farben offen hält für zwei Menschen. Und die Steine im Magen so klein sind, dass man sie leicht in den See werfen kann, an dem man sitzt und gemeinsam die Sonne betrachtet, die konzentrischen Kreise. Und dann wieder Glätte und Ruhe, als würde einen nichts, niemand stören.

Aber die Angst, die ständige Angst, wann all das, was jetzt anders ist, wieder zur Gewohnheit wird. Ich bin mir nicht sicher, ob man nach fünf Jahren Beziehung immer noch die Weichheit der Haut erspüren kann, bewusst, nicht in gewohnter Manier, oder schon im Reflex einer Wahrnehmung die Haut nicht als Haut und den Mund als Mund und die Augen als Augen wahrnimmt, sondern als Nachzeichenbares, als Beschreibbares. Wann kehrt der Staub zurück in die Ritzen, zuerst unbemerkt, bis man zu husten beginnt? Ich gestehe, dass ich Angst habe. Ich habe Angst davor, Fábia und ich könnten uns ebenso auseinander leben, wie ich und Nelly uns auseinander lebten. Vielleicht wäre es am besten, Fábia würde aus meinem Leben verschwinden, eine Zeitlang oder für immer. Dann blieben nur Erinnerungen.

Aber nein. Ich möchte sie nicht verlieren, nicht jetzt und nicht morgen. Ich kann nicht. Lieber nehme ich das Risiko in Kauf, dass wir uns beide voneinander entfernen, als dass sie sich von mir entfernt und ich auf verlorenem Posten stehe. Ohne Fábia hat mein Roman keine Zukunft. Sie ist in mir und in meinem Schreiben und ich begegne ihr, egal, wo ich bin und was ich denke. Es ist das Gefühl einer wünschenswerten Ohnmacht. Können wir jetzt bitte Lösungsstrategien in Angriff nehmen?“

Vakuum

Ende des Schreibens. Wann wird es mich wieder aufnehmen? In welchem schlechten Zustand komme ich mit F. zusammen! Die mit Aufgabe des Schreibens sofort eintretende Schwerfälligkeit des Denkens, Unfähigkeit, mich für die Zusammenkunft vorzubereiten, während ich vorige Woche wichtige Gedanken dafür kaum abschütteln konnte. Möge ich den einzig hierbei denkbaren Gewinn genießen: besseren Schlaf.

Wieder hatte er eine Nacht durchgeschrieben, zwischendurch Kafka gelesen und sich nur vormittags ein wenig ausgeruht, um neue Kräfte zu finden für seine Arbeit. Nichts durfte ihn daran hindern, seinen Roman voranzubringen. Seit Fábias Abreise waren zweieinhalb Monate vergangen, und er fühlte sich leer ohne sie, spürte, dass die Energie für seine Arbeit von Tag zu Tag schwand. Der Vormittagsvorlesung wohnte er an jenem Tag auch nicht im Traum bei. Dafür rief er Judith an, eine langjährige Freundin und Philosophiestudentin, von der er schon viel zu lange nichts mehr gehört hatte, und vereinbarte ein Treffen mit ihr.

Wie immer um die Mittagszeit erbrach sich auf der Straße dasselbe Bild: Rote Ampeln, rauchende Autoschlangen, gereizte Fahrer. Zwei Mädchen schlenderten über die Straße und schienen sich nicht darum zu kümmern, dass sie den Verkehr blockierten. Der Busfahrer hupte sie gereizt an. Jetzt gewann der Bus einige Meter an Boden und wurde erneut aufgehalten. Der Fahrer stieg aufs Gaspedal, überfuhr eine alte Frau, plötzlich Sirenen und Schreie von allen Seiten. Er wartete ungeduldig ab, bis die alte Frau den Zebrastreifen überquert hatte.

Als er Judiths Wohnung erreichte, kam sie gerade von einem Spaziergang mit ihrem Hund zurück, der gleich freudig sein Bein umklammerte und rhythmisch bearbeitete.

„Was ist los mit ihm?", fragte er und versuchte, ihn vom Bein zu schütteln.

„Triebe", sagte Judith und zog an der Leine.

„Und er möchte sich mit meinem Bein fortpflanzen."

„Das wäre eine spannende Kreuzung, findest du nicht? Ein Schriftsteller und ein Welsh Corgi!" Sie zog ihren Hund mit einem Ruck zu sich, der kurz und schmerzvoll aufjaulte, und öffnete die Haustür. Dann gingen sie in die Wohnung, und während sie Kekse auf den Balkontisch stellte, erkundigte sie sich nach seinem Roman.

„Ich bin zufrieden", sagte er. „Seit Prag geht es aufwärts."

„Du warst mit Nelly in Prag?"

„Nelly ist hier geblieben. Sie hat keine Zeit gehabt, mitzukommen.

„Und wie war es für dich, allein in Prag? Ich meine, hast du den Aufenthalt überhaupt genießen können ohne sie?"

Er überlegte lange nach einer Antwort. Irgendwann würde Judith sein Buch lesen, das stand fest. Wenn er ihr die Wahrheit sagte, würde sie auch Wahrheiten im Buch finden.

„Ich war nicht allein in Prag."

„Hast du wen kennen gelernt?", fragte sie überrascht.

„Ja. Eine Brasilianerin. Wir waren gemeinsam in der Stadt unterwegs."

„Und?"

„Was meinst du?"

„Ich meine – ist etwas gelaufen zwischen euch?"

„Wir sind uns näher gekommen."

„Das heißt?"

„Wir waren keine Engel."

„Ich versteh schon, das ist nicht dein Thema heute. Egal. Du weißt sowieso, was ich von solchen Geschichten halte."

„Ich weiß schon. Du hast ja auch Recht, es ist nicht fair, was ich mache. Aber stell dir vor, du bist allein in Prag, gehst über die Karlsbrücke, triffst jemanden, den du auf mehreren Ebenen sehr anziehend findest und mit dem du dich wunderbar unterhalten kannst. Stell dir vor, du bist in einer eigenartigen Stimmung gefangen und kommst diesem Menschen näher."

„Der Schriftsteller hat nicht Nein sagen können."

„Ich – nein, hat er nicht. Nicht in dieser Situation. Das war wie ein Flug über eine vertraute Stadt, ein Tandemflug. Verstehst du? Ich habe nicht lange nachgedacht über das, was ich mache. Ich habe mich einfach treiben lassen."

„Und Nelly?"

„Fábia war stärker als Nelly."

„Das hört sich jetzt nicht nach dem Menschen an, der mir vor einem halben Jahr erzählt hat, dass er seine Gefühle hundertprozentig im Griff hat." Sie ging in die Küche und holte Kaffee. „Weißt du, warum der Mensch so gern in der freien Natur ist?", fragte sie dann wie aus heiterem Himmel heraus.

„Ich weiß nicht. Vielleicht, weil er dort abschalten kann. Oder einfach, weil er selbst ein Teil der Natur ist?"

„Die Natur hat keine Meinung über uns."

Während sie einschenkte, sah er sie vor sich, in dreißig Jahren: den Kopf in philosophische Schriften versenkt, weißes, wirres Haar, und das einzige, was sie noch anregte, waren Gespräche, die keiner verstand oder verstehen wollte.

„Glaubst du, dass alle Menschen eine Meinung haben?", fragte er nach einer Pause. „Eine Meinung ist doch immer auf Menschen bezogen."

„Das ist auch das erste Argument, das man von neuen Philosophiestudenten hört", empörte sie sich. „Die wollen immer gleich eine handfeste Definition von allem. Aber der Hausverstand reicht fürs Verstehen."

„Mag sein. Aber in unserem Fall ist es doch nicht schlecht, wenn man das Wort vorher abklärt. Sonst redet man aneinander vorbei, oder?"

Da sie keine Antwort gab, schloss er seine Augen und genoss die Sonnenstrahlen. Die Musik Gustav Mahlers drang durch die halboffene Balkontür, und als er die Augen öffnete, sah er die Wolkenstimmung wie ein musisches Gemälde: hochaufgetürmte Wattebäusche in kräftigen Farben, als würden sie in einen zweiten Himmel reichen. Ein Gemälde, das regnen konnte.

„Und da soll noch einer behaupten, dass die Natur keine Meinung hat", sagte er und blickte zu Judith, die aufgestanden war und sich weit übers Balkongeländer lehnte. Sie streckte ihre Arme in den Regen, bis die Haut mit Tropfen benetzt war. Er erinnerte sich, wie Judith vor Jahren eine Zigarette auf ihrem Handrücken ausgedrückt hatte. Sie hatte ihn damals gefragt, ob sie es tun solle, und er hatte spaßhalber genickt. Sekunden später presste sie die Zigarette auf ihre Haut. Klassischer Fall von Borderline, befand Nelly im Nachhinein.

„Der Mensch ist etwas, das überwunden werden muss", sagte Judith, als habe sie seine Gedanken erraten.

„Damit die Affen was zum Lachen haben?", fragte er und kniff ihre Schulter. „Aber verrate mir – warum muss der Mensch überwunden werden?"

„Je höher man steigt, desto besser sieht man die Sonne."

„Also sprach Ikarus."

„Warum grinst du?"

„Die Sonne ist schuld. Aber jetzt erzähl mal, wie läuft's eigentlich bei deinem Studium?"

„Ich komme ganz gut voran. Ich bin kaum noch in den Lehrveranstaltungen, weil ich eine Allergie gegen die meisten Professoren entwickelt habe.“

„In diesem Punkt sind wir uns also einig. Sag – würde es dich stören, wenn ich dich in den Roman einbaue? Ich habe mir gerade vorgestellt, dass dein Spruch von vorhin gut in eines meiner Kapitel passen würde.“

„Wird dieses Gespräch zur Gänze eingebaut?“

„Wenn du nichts dagegen hast.“

„Ich werde dir nicht an den Hals gehen.“

„Keine Angst, ich plaudere nichts über dich aus, was gegen dich verwendet werden kann.“

„Gut. Aber wenn du diese Szene verwendest, möchte ich, dass du wenigstens richtig zitierst.“

„Du bekommst das Kapitel zur Durchsicht.“

„Ich verlasse mich auf dich. Das kann ich doch, oder?“

„Versprochen. Aber versprich du mir, dass du nicht die Bodenhaftung verlierst. Ich möchte nicht über eine Freundin schreiben, die den Realitätsbezug verloren hat.“ Sie sah ihn an, als wäre er zu lang in der prallen Sonne gesessen.

„Was ist schon das reale Leben“, versuchte er einzulenken. „Ich habe einfach Angst, dass du zur Eremitin wirst, die tagelang im Zimmer sitzt und nur mehr vermutet, dass die Welt draußen existiert.“

„Keine Angst, davon bin ich weiter entfernt, als du denkst“, sagte sie.

Erst jetzt merkte er, dass er sich mit dieser Beschreibung selbst nur zu gut getroffen hatte. War es nicht er gewesen, der sich tagelang in seiner Wohnung verschanzt hatte, einzig mit der Vermutung, dass die Welt draußen weiter existierte? Judith schenkte Kaffee nach und erzählte ihm von einem Freund, der bei einem Autounfall ums Leben gekommen war und testamentarisch verfügt hatte, dass sein Körper nicht vergraben, sondern verbrannt werde. Seltsam. Obwohl er gedacht hatte, das Thema Tod könnte ihm nichts anhaben, merkte er, wie im Gespräch seine Hände feucht wurden und sich sein Atem beschleunigte. Kurzzeitig fühlte er sich schwindlig und hatte Angst, vom Sessel zu kippen. Mit einem Schluck trank er seinen Kaffee aus und stand auf. Judith hatte, wie ihm schien, nichts bemerkt, und er verließ sie mit der Ausrede, auf eine Vorlesung zu müssen, und dem Gefühl, dass die letzte Verabschiedung herzlicher ausgefallen war.

* * * *

Es wird rasch dunkel, bis sich der erste Blitz in die Finsternis bohrt. Ich ziehe die Vorhänge zurück und setze mich auf den Balkon, um das Gewitter intensiver erleben zu können. Beim Betrachten der Regentropfen muss ich an meine Worte denken, die ich mir bei Bina notierte: ‚Das, was ich schreibe, bin nicht ich, sondern es ist der Schriftsteller, der es mich schreiben lässt. So wie man sagt, das sei nicht mein Regenschirm, sondern der Schirm, den mir der Schriftsteller zuschreibt und mit dem er mich durch den Regen gehen lässt.' Obwohl ich mich mit Bina amüsiert habe, und sie sich sichtlich auch mit mir, weiß ich nicht, ob sie nicht mehr war als meine Marionette. ‚Sprich deinen Text, damit ich ihn festhalten kann.' Ich habe ihren Mund beobachtet, die Bewegung ihrer Mundwinkel. Ich habe ihre Augen und Hände studiert, um später festzuhalten, dass sie mein Studienobjekt war. Und sie ist dagesessen und hat ahnungslos weitergeredet. Ebenso gut, wie ich sie gedanklich hätte köpfen können und sie nichts davon gemerkt hätte, habe ich sie an diesem Nachmittag anders wahrgenommen als sonst: nicht mehr als Freundin, sondern als Mensch, der im Moment durch jeden x-Beliebigen ausgetauscht werden kann, solang er für den Roman tauglich ist.

Der Regen wird stärker, und das Wetter spiegelt sich in meinem Magen wieder. Allmählich finde ich Gefallen an der Beobachtung, wie sich das Äußere in meinem organischen Innenleben spiegelt.

* * * *

Abends hatte er sich mit Freunden in der Stadt verabredet, um das Theaterstück eines jungen, aufstrebenden Schriftstellers anzusehen. Nach einigem Hin und Her hatte er sich entschlossen, auch Judith einzuladen, und sie nahm sein Angebot erfreut an, was ihn überraschte. Kurz vor halb acht standen sie vor verschlossenen Türen – ‚Wegen Erkrankung abgesagt!', wie sie auf einem Zettel lesen mussten.

„Gut. Darauf müssen wir einen trinken", sagte Thomas, sah ihn an und ging, ohne eine Antwort abzuwarten, mit David voraus.

„Kommst du mit?", fragte er Judith, und sie versuchte zu lächeln.

„Ich weiß nicht ... eigentlich sollte ich nach Hause."

„Komm schon! Ich bleibe nicht lange. Wenn du möchtest, begleite ich dich auch heim."

Das Lokal, in das sie gingen, war völlig verraucht und überfüllt. Er nahm zwischen Judith und David Platz, da er wusste, dass sich die beiden zwar tolerierten, aber ansonsten ein sehr geringes gegenseitiges Interesse bestand. David erkundigte sich nach dem Roman, und er erzählte ihm und den anderen davon.

„Und was ist das Neue an diesem Buch?", fragte David. „Über Beziehungen und das Schreiben von Büchern haben schon tausende andere Schriftsteller vor dir geschrieben. Mir fehlt das Besondere."

„Wir sind alle besonders, David", sagte Judith.

„Und dadurch alle gleich?", erwiderte er.

„Was glaubt ihr, bedeutet ein chinesisches Schriftzeichen mit zwei Frauen unter einem Dach?", brachte sich Thomas ins Gespräch, und alle drei schüttelten den Kopf.

„Schwierigkeiten. Ganz einfach Schwierigkeiten", sagte er. „Was erwartest du dir von deiner Zweigleisigkeit?

Doch nicht im Ernst, dass dadurch dein Leben einfacher wird?"

„Nicht einfacher, aber interessanter. Und wenn du schon von den Chinesen redest: Der weise Laotse hat gesagt, dass man sich nicht vor dem langsamen Vorwärtsschreiten, sondern vor dem Stehenbleiben hüten soll."

„Nelly ist sicher begeistert von deiner Auslegung", sagte Thomas.

„Kannst du mir verraten, ob es eine Anleitung für mein Leben gibt? Ich würde dich bestens bezahlen."

„Kannst du nicht einfach einen neuen Roman schreiben?"

„Zu spät. Ich bin zu weit gegangen und möchte weiter, solang es geht. Jedenfalls läuft es mit dem Schreiben momentan sehr gut."

„Beschwere dich bitte nicht, dass ich dich nicht gewarnt habe." David machte eine resignierte Geste und leerte sein Glas auf einen Zug. Er nickte ihm zu und beobachtete die Gäste im Lokal. Ein Pärchen fiel ihm auf, das in der hinteren Ecke des Lokals saß und sich augenscheinlich langweilte. Wiederholt richtete er seinen Blick zu den beiden und merkte, dass die Frau immer wieder von ihrem Handy aufsah und in seine Richtung blickte. Wie weit mochte sie gehen, wenn er sie mit den Augen fixierte? Ein Rosenverkäufer trat ihm ins Bild und bot Blumen an.

„Die sind doch völlig hinüber", empörte sich Thomas. „Wenn ich so etwas einer Frau schenke, habe ich gute Karten, die Nacht allein zu verbringen."

„Komm, lass ihn", sagte Judith.

Bevor der Rosenverkäufer kopfschüttelnd weitergehen wollte, hielt er ihn an und kaufte ihm eine Rose ab. Er flüsterte ihm etwas zu, der Verkäufer behielt die Rose und Thomas sah ihn erstaunt an.

„Was war das?“, fragte er, nachdem der Verkäufer zum nächsten Tisch gegangen war.

„Eine Szene fürs Buch. Und warum hast du ihn so schwach angeredet? Der Mann macht doch nur seine Arbeit.“

„Ich weiß schon. Aber seine Rosen sind wirklich das Letzte.“ Er nickte und war überrascht über Thomas‘ Antwort, da er sich mehr Widerspruch oder sogar eine Zurechtweisung erwartet hätte. Wahrscheinlich hatte ihn seine Meldung überrumpelt, sie kannten sich schon lange, und Thomas kannte ihn gut. Seine Gedanken drifteten ab zu seinem Roman und den Zeilen, die er unmittelbar vor dem Treffen geschrieben hatte. Dann blickte er zu dem Ecktisch, an dem sich immer noch das Pärchen langweilte. Eben trat der Rosenverkäufer zu den beiden, zog eine Rose aus dem Strauß, reichte sie der Frau und flüsterte ihr dabei etwas zu, bevor er weiterging. Verwirrt sahen ihm die beiden nach. Der Blick der Frau ging durch den Raum, in seine Richtung, und er hielt ihm so lange stand, bis sie zu Boden schaute. Wenig später bezahlten die beiden und verließen hastig das Lokal.

Keiner seiner Freunde schien die Szene verfolgt zu haben. Judith und David hatten sich in ein Streitgespräch verwickelt, dem Thomas interessiert zuhörte. Die beiden vertieften sich in die Materie und wurden zunehmend beleidigend. Dann war der Punkt erreicht, an dem er einlenkte und etwas völlig Unpassendes sagte. Und sein Coup funktionierte auf Anhieb: Die beiden waren sprachlos. Er begann ein Gespräch mit Thomas und redete so lange mit ihm, bis sich Judith ins Gespräch einbrachte. Aber er gab sich nicht zufrieden. Er griff erneut das Streitthema auf, nur, dass er sich jetzt auf Davids Position begab und ihm gleichzeitig widersprach, dann Judith zustimmte, bis er das Gefühl hatte, dass das Thema in Einzelteile zerlegt war und die beiden nicht mehr gegeneinander aufbrachte.

Kurz nach zwölf ging Thomas, und sie wechselten das Lokal. Er spürte, wie ihm der Alkohol in den Kopf stieg, und zunehmend schien ihm, als wäre es nicht mehr er, der an diesem Abend in der Stadt war, sondern sein Protagonist. Wer war es, der sich einen Wein bestellte und zum Nachbartisch blickte? Wer war es, der sich so dicht neben eine Frau stellte, dass er ihren Oberschenkel an seinem Arm spürte? Zuerst zögernd, dann überzeugt, das Richtige zu tun, bewegte sich sein Zeigefinger langsam an ihrem Schenkel auf- und abwärts. Keine Reaktion ihrerseits. Vielleicht spürte sie ihn nicht, vielleicht war sie abgelenkt, dachte sich sein Protagonist und erhöhte den Druck. Die Frau unterhielt sich unbeirrt weiter mit ihrer Freundin, senkte dann den Kopf, und ihre Blicke hielten sich sekundenlang stand, bevor sie sich zur Seite drehte. Er trank seinen Wein aus, zog seine Jacke an, verabschiedete sich von Judith und David und ging nach draußen. Die Luft roch nach Schnee, und trotz später Stunde torkelten zahlreiche Jugendliche über den Asphalt, urinierten oder erbrachen vertrunkenes Geld. Er nahm eine Abkürzung über eine steile, mittelalterliche Gasse und richtete sich die Bilder des Abends für den Roman zurecht. Dann kam er an einem Haus vorüber, dessen Fenster rot beleuchtet waren. Er überlegte, zögerte, kehrte um und ging die wenigen Schritte zurück zur Tür. Die Hand seines Protagonisten bewegte sich zum runden Knopf. Er zog sie zurück. Nein. Er konnte und wollte nicht über das schreiben, was er sich nur erdachte, nicht in dieser Nacht. Er klingelte und drückte, nachdem ihm nach einer halben Minute noch immer niemand geöffnet hatte, erneut den Knopf. Noch konnte er gehen. Aber es war nicht sein Körper, der in das Haus wollte, es war sein Protagonist, und er ließ ihm keine Wahl. Wäre er nicht gegangen, wie hätte er beschreiben können, was es zu erleben galt – es wäre alles nur Erfindung und Lüge gewesen. Wie weit Nelly in diesem Moment weg war. Und Fábia.

Eine Luke öffnete sich, die Tür ging auf, und vor ihm stand ein alter, müde aussehender Mann und führte ihn, ohne dass sie ein Wort wechselten, über mehrere Stufen in den Barbereich. Er bestellte einen Cognac und suchte sich einen Nischenplatz. Beim ersten Schluck kamen zwei Frauen an seinen Tisch und setzten sich zu ihm. Ein Zeitungsartikel fiel ihm ein, in dem stand, dass zahlreiche Männer zu Prostituierten gingen, um über ihre Probleme mit den eigenen Frauen zu reden. Wollte er reden? Wollte er irgendetwas über Nelly oder Fábia erzählen? Wollte er den Prostituierten von seinem Roman erzählen und davon, dass sie vielleicht darin vorkommen würden? Hatte er Lust, mit einer der Frauen zu schlafen, mit dem Blick auf die Uhr, ohne sie zu küssen oder eine zärtliche Umarmung zu spüren? Wollte er sich zeitweilig hingeben, sein Geld wegstecken lassen und sie forteilen sehen, da schon der Nächste wartete? Eine der Frauen fragte, ob er sie auf ein Getränk einladen würde, und er nickte und ärgerte sich zugleich, für sie bezahlen zu müssen. Die zweite Frau stand bald auf und zog sich in den Barbereich zurück.

„Du bist von hier?", fragte sie und rückte so dicht neben ihn, dass er ihren scharfen, rauchigen Atem wahrnahm. Er gab keine Antwort und wartete, wie sie reagierte. Sie nippte am Glas, blickte zum Barbereich und fragte ihn erneut.

„Ja", sagte er diesmal, „ich bin von hier."

„Und was machst du so?"

„Du meinst beruflich?"

Sie nickte.

„Ich – bin Schriftsteller."

„Schriftsteller! Ein schöner Beruf. Und was schreibst du?“

„Ich arbeite gerade an einem Roman, von dem du vielleicht ein Teil sein wirst.“

Sie sah in ungläubig an.

„Das soll keine Drohung sein!“, fügte er hinzu.

„Darf ich dir etwas erzählen?“, fragte sie nach kurzem Zögern. „Du musst es nicht in dein Buch schreiben, und ich verlange dafür kein Geld. Ich glaube, es wird dich interessieren.“

Er wollte ihr den Wunsch nicht abschlagen und erwartete eine klischeehafte Geschichte, wurde jedoch schnell eines Besseren belehrt. Sie hatte in einem anderen Etablissement gearbeitet, bis dort eines Tages ein Mann mit einer großen Brandwunde an seiner Hand auftauchte, der sich in sie verliebte. Kurz darauf brannte ihre Arbeitsstätte ab, und sie musste zurück in ihr Heimatland, da sie behördliche Probleme bekam. Nach ihrer Rückkehr wurde sie am Bahnhof von einem Mann angesprochen, der sie an ihre jetzige Arbeitsstätte vermittelte. Und dann erzählte sie ihm noch von einem seltsamen Zeitungsartikel, den sie eines Tages gefunden hatte und in dem vieles stand, was nur auf sie zutreffen konnte, von einer seltsamen Münze, die auf einer Seite so schwarz war, dass man nichts mehr erkennen konnte und die für sie zum Talisman wurde, sowie von einer Kollegin, die schwanger mit Kunden verkehrte und unmittelbar nach der Geburt ihr Baby aus dem Fenster geworfen hatte. Während sie redete, musste er unweigerlich an eine Stelle aus Kafkas *Prozess* denken, die ihm seit seinem Prag-Aufenthalt immer wieder in den Sinn kam: *„Nein“, sagte der Geistliche, „man muss nicht alles für wahr halten, man muss es nur für notwendig halten.“ „Trübselige Meinung“, sagte K. „Die Lüge wird zur Weltordnung gemacht.“*

Er hörte sich ihre Geschichte bis zum Ende an, trank seinen Cognac aus und verließ das Etablissement, nicht, ohne sich vorher noch einmal genau umgesehen und das für ihn Wichtigste geistig notiert zu haben.

Als er zuhause ankam und die Wohnungstür aufsperrte, brannte Licht am Gang. Ohne seine Jacke auszuziehen, schlich er ins Schlafzimmer. Fehlanzeige. Er suchte weiter, und im Wohnzimmer wölbte sich ihm ein eingemummter Körper entgegen.

„Wo warst du so lange?“, murmelte Nelly, „es ist kalt!“

Er kniete sich neben die Couch und zog die Decke langsam bis zu den Zehen.

Fraktale

Die Chaos-Forschung besagt, dass chaotische Systeme trotz ihres offenbar gesetzwidrigen Verhaltens bestimmte typische Muster zeigen. Selbst hinter der Struktur der Galaxien und der Ausbreitung eines Waldbrandes, dem menschlichen Herzschlag und dem Entstehen eines Romans stecken die Gesetze des Chaos. In der griechischen Mythologie ist Chaos der Urstoff des Weltanfangs.

Auch in seinem Leben nahm das Chaos eine bedeutende Rolle ein: Wäre er in jener Nacht, in der er Fábia kennen lernte, nicht um die richtige Ecke gebogen, so hätte es seinen Roman in dieser Form nie gegeben und kein Prag auf jene Weise. Vielleicht wäre er dann noch immer am Schreibtisch gesessen, regungslos, antriebslos, und schon froh gewesen über jeden noch so einfältigen Satz. Doch hatte eine kleine Abweichung, eine einzige wiederholte Frage von Fábia ein ganzes System vollständig verändert. So, wie die Chaos-Forschung den Flügelschlag eines Schmetterlings im Amazonas-Urwald als mögliche Ursache für einen Orkan in Europa beschreibt, hatte die Begegnung mit Fábia zu einer völlig neuen und veränderten Entwicklung in seinem Leben und Schreiben geführt. Er war froh über diese Begegnung, musste an diesem Abend aber zum wiederholten Mal darüber nachdenken, ob es sinnvoll war, an seinem Roman weiterzuschreiben. Am liebsten hätte er seine Festplatte neu formatiert und die ausgedruckten Blätter Seite für Seite angezündet und dabei zugesehen, wie sein mühsam Erschriebenes ein Raub der Flammen wurde und in Rauch aufging. Aber hätte er alles verbrannt – er hätte doch wieder von vorne begonnen und über das Erlebte geschrieben. ‚Psychohygiene', hörte er Nelly sagen, ‚aber das nützt dir nichts, für mich bleibst du ein Schwein.' Vielleicht wäre es das Beste gewesen, wenn Fábia nie wieder aufgetaucht und für immer Geschichte geblieben wäre, ein Teil schöner Gedanken und Erinnerungen. Ein Teil seiner Literatur.

Er dachte an Kafka, der testamentarisch verfügt hatte, den Großteil seines literarischen Nachlasses ungelesen zu verbrennen, auch wenn er gewusst haben musste, dass sein Freund und Nachlassverwalter Max Brod diesem Auftrag unmöglich folgen konnte. Was aber geschah mit seinem Roman, wenn er eines Tages erschien und ihn Nelly oder Fábia zu Gesicht bekamen? Jedes seiner Worte konnte ein Spieß werden, der gegen ihn gerichtet wurde. Und wie viele Bücher wurden schon verboten oder eingestampft, da jemand glaubte, sich in den Figuren wiederzuerkennen und sich in seiner Intimsphäre verletzt fühlte? Aber über was hätte er schreiben sollen, wenn nicht über das, was ihn bewegte und zum Schreiben veranlasste? Und es war nicht die Wirklichkeit, die er abbildete, da es diese Wirklichkeit nicht gab, sondern nur seine eigene Wahrnehmung davon, die er in Worte fasste, die sich an ihr nur orientierten. Vielleicht war es sinnvoll, seinen Roman in die dritte Person und die Vergangenheit zu bringen, um etwas mehr Distanz zu seinem Protagonisten zu schaffen. Oder er strich all jene Passagen, die zu sehr an die Wirklichkeit angelehnt waren, um Spuren zu verwischen. Aber das hätte die Auflösung seines ganzen Romans bedeutet, einen innerlichen Zerfallsprozess, durch den nur Fraktale übrig geblieben wären. Nein. Es gab kein Haben, nur ein Sein, nur ein nach letztem Atem, nach Ersticken verlangendes Sein.

Vor und zurück

Grundriss der Gespräche mit F.

Ich: So weit habe ich es also gebracht
F.: So weit habe ich es gebracht
I.: So weit habe ich Dich gebracht
F.: Das ist wahr

Thomas wusste, dass er sich in die Tagebücher Kafkas vertieft hatte und sie Spuren in seinem Roman hinterließen, schickte ihm daher via Mail den Auszug daraus, versehen mit den Worten *Wen die Wahrheit nicht umbringt*. Da er in letzter Zeit kaum geschrieben hatte, war er dankbar dafür und kopierte ihn in seinen Roman. Er antwortete Thomas mit dem Satz *Es ist nicht mitteilbar, weil es nicht fassbar ist, und es drängt zur Mitteilung aus demselben Grund*.

Der Gedanke, dass er immer weniger schrieb und sich zusehends von seinem Roman entfernte, und damit Gefahr lief, alles mühselig Erworbene zu verlieren, ließ ihn nicht zur Ruhe kommen. Lustlos hatte er eine Seite geschrieben, sie unzählige Male verändert, zwischendurch mehrere Stunden im Netz verbracht und schließlich nur einige Zeilen übrig gelassen, mit denen er auch nicht zufrieden war. Er fühlte sich wie jemand, der am Ufer stand und darauf wartete, dass Charon auftauchte und die Liebe übersetzte, damit er endlich wieder zum Schreiben fand. *„Manchmal das Gefühl fast zerreißenden Unglücklichseins und gleichzeitig die Überzeugung der Notwendigkeit dessen“*, tippte er in die Tasten, doch wieder waren es nicht seine Worte. Es war an der Zeit, dass er sich endlich in den Griff bekam, dachte er und musste zugleich an Fábia denken, die in zwei Tagen wieder in seine Heimatstadt kam. Sie hatte ihm eine Postkarte geschrieben und mitgeteilt, dass sie alle Prüfungen gut bestanden hatte. Die Karte wirkte flüchtig geschrieben, kein Wort, dass sie sich auf die Rückkehr freue oder ihn vermisse, was ihn irritierte.

Er ging auf den Balkon und beobachtete Touristen, die sich um einen Bus scharten. Einer nach dem anderen stieg in den Doppeldecker, der Motor wurde gestartet und der Bus verschwand hinter einer Häuserzeile. Das Licht hatte eine merkwürdige Farbe angenommen – eine Mischung aus weiß und schwefelgelb, so wie bei bevorstehenden Gewittern oder vor einsetzendem Schneefall. Kurz darauf fielen die ersten Flocken. Und plötzlich war wieder alles da: Gerüche, Hände, Worte von Fábia. Sein Blick blieb an einer Schneeflocke hängen. Fábia. Nelly. Das ungerechte Blütenspiel. Einmal sie, einmal sie, und man vergaß völlig, dass die Blüten weniger wurden. Bis nur noch der Kranz übrig blieb, den man sich aufs eigene Grab legen konnte. Er wollte nicht darauf warten, dass wieder etwas passierte oder dass ihm jemand eine Geschichte anvertraute, die er in den Roman einbauen konnte. Er wollte nicht zuhause sitzen und darauf hoffen, dass sich ihm irgendwann etwas zutragen würde. Er war es, der auf das Etwas zugehen musste. Keinesfalls durfte er Gefahr laufen, wieder ein Gefangener seiner Untätigkeit und sein eigenes Gefängnis zugleich zu werden. Er musste aufbrechen, ausbrechen und das erfahren, was er jetzt nicht einmal erdenken konnte.

Er stand auf, ging ins Bad, zog sich eine warme Jacke über und verließ die Wohnung. Als würde ihm ein Stein vom Herz fallen, setzte er sich aufs Rad und fuhr in die Stadt, die seit einigen Tagen aufgrund eines gewichtigen Wirtschaftstreffens einer Festung glich. Als er bei einer Brücke von zwei Polizisten angehalten wurde und seinen Ausweis vorweisen musste, hörte er zwei ihrer Kollegen zu, die einem japanischen Pärchen den Weg zu einer Touristenattraktion erklärten. Er beschloss, die nächsten Tage mit Kimono und Gesichtsmaske durch die Stadt zu gehen und fuhr, nachdem ihm die Ordnungshüter seine Ungefährlichkeit bestätigt hatten, weiter, am Fluss entlang. Es hatte zu schneien aufgehört. In manchen Gärten blühten bereits die ersten Magnolien, die nun mit einer dünnen Schneeschicht bedeckt waren. Der Frühling hatte seine Augen leicht geöffnet. Und er war in Gedanken im tiefsten Winter, ging durch Prags Straßen, mit Fábia, allein, fror, spürte Wärme und eine unbändige Lust, wieder zu verreisen.

Als ihm eine Weiterfahrt zu halsbrecherisch schien, stieg er vom Rad und schob es durch eine Gasse, in der er wie gewohnt die Langsamkeit des Gehens auf Schritt und Tritt erfahren konnte. In den Schaufenstern wurde bereits der Frühling abverkauft. Über einen Häuserdurchgang flüchtete er in eine ruhigere Zone. Durchatmen. Neben ihm trabte ein Pferdegespann vorüber, wie in alten Zeiten, nur mit Menschen darauf, die ihre Augen durch Kameralinsen ersetzt hatten. Eine Touristengruppe näherte sich. Die Reiseleiterin steuerte zielgerade auf ihn zu, hielt und fragte nach dem Weg zum alten Stadtfriedhof. Er beschrieb ihr die Route und schaute der Gruppe nach, wie sie in die falsche Richtung marschierte. Im Weitergehen flogen ihm Stimmenknäuel um die Ohren, und plötzlich schmetterten von allen Seiten Glockenklänge. Es war ihm an diesem Tag zu laut in der Stadt, zu viel Lärm um nichts, trotz der Unmenge an Ordnungshütern. Am liebsten hätte er einem von ihnen „Gibs auf!“ zugerufen und sich lachend abgewandt.

Er stieg wieder aufs Rad und fuhr bis zu der Stelle, an der er Fábia das erste Mal gesehen hatte. Dort setzte er sich auf einen Mauervorsprung und zog seinen Block aus der Tasche. Er wollte die Szene noch einmal in Gedanken durchgehen und beschreiben, was vorgegangen war, auch wenn er Teile davon bereits im Roman skizziert hatte.

* * * *

Auf meinem Rückweg komme ich in einen alten Stadtteil. Gerne würde ich noch weitergehen, denn ich fühle mich nicht müde und genieße die plötzliche Stille um mich. Aber da ich am nächsten Tag eine Lesung habe, muss ich nach Hause, um die ausgesuchten Texte noch einmal durchzugehen. Als ich um die Ecke biege, bemerke ich eine Frau auf der anderen Straßenseite, die plötzlich ihren Schritt beschleunigt. Was mag sie denken? Fühlt sie sich von mir verfolgt? Oder mache ich mir unnötig Sorgen darüber, dass sie alleine zu später Stunde auf der Straße unterwegs ist und hinter sich vermeintlich Gefahr geortet hat?

Sie hält vor einem Schaufenster. Ich gehe an ihr vorüber, sehe ihr hübsches Gesicht im Spiegel und denke im Weitergehen daran, sie zu einer Figur in meinem Roman zu machen. Während ich schon eine Szene in Gedanken entwerfe, erschrecke ich, als ich eine Frauenstimme hinter mir höre.

„Excuse me!“, ruft jemand zum zweiten Mal, und jetzt drehe ich mich um und merke, dass sie es ist, die nach mir ruft. Ich gehe auf sie zu und sehe in Gedanken meinen Protagonisten auf sie zugehen.

* * * *

Er las sich den Text mehrere Male durch und hatte das Gefühl, die Stimmung jener Nacht so eingefangen zu haben, dass er sich darin wiederfand. Zuhause übertrug er den Text in den Computer und überarbeitete ihn noch einmal. Als Belohnung öffnete er eine Flasche Rotwein und las in Kafkas Tagebüchern weiter.

Merkwürdiger, geheimnisvoller, vielleicht gefährlicher, vielleicht erlösender Trost des Schreibens: das Hinausspringen aus der Totschlägerreihe Tat

– Beobachtung, Tat – Beobachtung, indem eine höhere Art der Beobachtung geschaffen wird, eine höhere, keine schärfere, und je höher sie ist, je unerreichbarer von der „Reihe" aus, desto unabhängiger wird sie, desto mehr eigenen Gesetzen der Bewegung folgend, desto unberechenbarer, freudiger, steigender ihr Weg.

Beim Lesen musste er an Nelly denken und dass ihm jene intensiven Gespräche mit ihr fehlten, die oft bis spät in die Nacht gedauert hatten. Ihre Fähigkeit, Dinge konträr zu seinen Gedanken zu sehen. Er freute sich darauf, sie wiederzusehen, und blickte, nachdem er wieder zu schreiben begonnen hatte, mehrmals auf die Uhr.

* * * *

Es ist immer dasselbe: Wenn die Vereinsamung überhand nimmt, kann selbst der Gedanke an Cora kaum etwas dazu beitragen, mich vom Gefühl eines Versäumnisses zu befreien. Und trotzdem ist das Empfinden jetzt intensiver als sonst, und die Worte lösen sich von mir, als würden sie von nichts mehr zurückgehalten werden. Ich bin allein hier mit der Musik, dem Computer, der angezündeten Kerze. Alles dreht sich nach draußen und fällt gegen mich zurück. Ich bin allein und möchte es bleiben, um schreiben zu können, um genügend Raum zu haben für meine Literatur. Zumindest rede ich es mir ein.

Dann höre ich Geräusche vom Gang. Quietschen, als würde jemand mit einer Gummisohle bis vor die Wohnungstür laufen, abrupt halten, eine Zeitlang warten und wieder umkehren. Ich schalte die Musik leiser und höre nochmals genau hin. Es ist still jetzt. Dann wird der Aufzug benutzt. Ich laufe zur Tür und öffne sie. Der Gang ist finster und leer.

* * * *

Als er das ersehnte Läuten hörte, sprang er auf und empfing Nelly viel herzlicher als die Tage zuvor. Nachdem sie gegessen hatten, bat er sie um Unterstützung beim

Roman. Sie lehnte zuerst ab, da sie müde war, ließ sich dann aber doch überreden, einen Teil zu lesen. Er gab ihr das am Vorabend geschriebene Kapitel über die Chaos-Theorie und jenen Teil über die Begegnung mit Fábia, der ihm zentral schien. Während Nelly mit dem Lesen beschäftigt war, setzte er sich ins Arbeitszimmer, um weiterzuschreiben.

Dann stand sie vor ihm und hielt eine Postkarte in der Hand.

„Wer ist Fábia?", fragte sie mit süßsaurem Lächeln.

„Fábia! Sie ist eine Studienkollegin, die gerade zuhause ist und bald wiederkommt."

„Ah ja. Und warum hast du mir noch nie etwas von ihr erzählt?"

So weit hatte er es also gebracht. In jenem Moment wäre er am liebsten in seinem Roman verschwunden, denn dort war sein Protagonist noch nicht in der Zwickmühle gelandet und musste sich nicht wie ein in die Enge getriebenes Tier fühlen, bereit, sich in einem letzten Aufbäumen dem Angreifer entgegenzuwerfen. Was hatte er sich dabei gedacht, die Karte nicht gleich zu entsorgen? Hatte er sie unbewusst liegengelassen, um endlich reinen Tisch zu machen? Glücklicherweise war auf der Vorderseite ein neutrales Motiv abgebildet, keine Rosen, romantischen Brücken oder andere verräterische Motive. Nun war er auch froh, dass Fábia kein Wort von Liebe oder Sehnsucht erwähnt hatte, denn damit wäre seine Beziehung augenblicklich am seidenen Faden gehangen. Aber hatte Nelly die Briefmarke gesehen? Dann nämlich wusste sie mehr, als ihm lieb war.

„Gibst du mir heute noch eine Antwort?", fragte sie und sah ihn ungeduldig an.

„Erinnerst du dich an deinen Bekannten aus Prilep? Du hast mir auch lange nichts von ihm erzählt, bis ich euch zufällig in der Stadt begegnet bin."

„Das ist lange her."

„Du meinst, es ist verjährt?"

„Genau. Aber was mache ich mir eigentlich Gedanken darüber. Wenn du etwas von deiner Studienkollegin wolltest, hättest du das ohnehin schon längst getan. Aber so falsch und verlogen kann man gar nicht sein."

„Nein. Höchstens im Roman."

„Jedes deiner Worte kann ein Spieß werden, der gegen dich gerichtet wird. Ich habe das Kapitel schon gelesen. Ich hoffe aber, du handelst nach keinem Reiz-Reaktions-Schema", sagte sie gespielt besorgt.

„Keine Angst, ich bin kein Pawlowscher Hund."

„Gut. Ich gebe dir fünf Minuten, ins Bett zu kommen."

Im Bad fiel ihm ein, dass ihn Fábia einen kleinen Hund genannt hatte, in jener Nacht, bevor er das letzte Mal mit ihr im Bett gelegen war, und er fletschte seine Zähne, bevor sie von der Zahnbürste attackiert wurden.

Anders

Endlich, nach einer Zeit voll Ungewissheit und Warten war Fábia zurückgekehrt und hatte ihn angerufen, um sich mit ihm zu treffen. Sie hatte sich von einer Telefonzelle aus gemeldet, wodurch er nicht jedes Wort verstehen konnte, da die Hintergrundgeräusche zu laut waren. Es sei aus, hörte er sie sagen, bevor er realisierte, dass sie meinte, es ginge sich nicht aus, ihn zu einem früheren Termin zu treffen. Dass sie bereits einige Zeit in der Stadt war und sich für den nächsten Tag um acht Uhr abends in einem Lokal mit ihm verabredete, wohin sie auch einige Freunde eingeladen hatte, störte ihn nicht weiter. Mit Unbehagen wurde er nach dem Telefongespräch aber das Gefühl nicht los, dass sie sich entfremdet hatten, so, wie ihm Fábia einst von dem Telefongespräch mit ihrem Freund erzählt hatte, bei dem die ganze Zeit über eine fremde Stimme aus dem Hörer gekommen war, in einer ihr unbekannten Sprache.

* * * *

Ich gehe neben Cora und Taina am Kai entlang. Als Cora drängt, die Straßenseite zu wechseln, und gerade kein Auto vorbeifährt, überquere ich die Straße und drehe mich nach ihnen um. Sie gehen geradeaus weiter, ohne mich zu beachten, und wechseln kein Wort miteinander.

Als ich wieder auf die andere Straßenseite gehe, legt Taina ihre Hand auf meine Schulter und küsst mich auf die Wange, während sich Cora wie ferngesteuert bewegt. Wir kommen an einen Weiher und spazieren über das gefrorene Wasser, und mit wachsender Angst realisiere ich das dumpfe Knarren und Krachen unter mir. Die beiden nehmen mich in ihre Mitte, hängen sich bei mir ein und schreiten zielstrebig voran, bis wir vor einem kleinen Loch im Eis stehen. Cora und Taina werfen sich einen Blick zu, der sich nicht beschreiben lässt, packen mich und stoßen mich nach vorn. Mein Buch muss die Axt sein für den gefrorenen See in uns, denke ich im Fallen. Ich sinke, spüre, wie mich die Kälte lähmt, stoße mich dann aber mit aller Kraft nach oben. Als ich meinen Kopf aus dem Wasser halte, um nach Luft zu schnappen, drücken mich die beiden wieder nach unten. Ich versuche, eine Hand festzuhalten, um mich hinaufzuziehen. Aber es gibt keine Hand, die mich hält. Die beiden sehen mich an, als wären sie erstarrt. Ich werde schwächer. Spüre meine Beine nicht mehr. Den Bauch. Die Arme. Die Hände. Die Finger. Tot. Alles tot. Um mich treiben Silben und Buchseiten, leer und nicht mehr zusammenhängend. Meine Kraft verlässt mich, und ich treibe langsam von der Öffnung fort. Nur kurz noch kann ich die Gesichter der beiden sehen und nehme das schwindende Licht über mir wahr.

* * * *

Tags darauf erschien er um kurz nach acht im Lokal und traf Fábia mit einigen anderen ihm unbekannten Personen an einem größeren Tisch sitzend an. Sie lachte, als sie ihn sah, und stand auf, um ihn zu begrüßen. Er war überrascht, denn er hatte ihr Gesicht anders in Erinnerung gehabt, aber vielleicht waren es die Haare, die Fábia verändert trug. Sie umarmten sich wie zwei gute Freunde, die sich zum ersten Mal seit langem wieder sahen, und nachdem ihn Fábia der Runde vorgestellt hatte, nahm er ihr gegenüber Platz. Neben Fábia saß ein jüngerer Mann, mit dem sie sich sichtlich gut verstand. Fast schien ihm im Lauf des Abends, als würden sich die beiden sehr nahe stehen, näher, als ihm lieb war. Hin und wieder wandte Fábia ihre Aufmerksamkeit auch ihm zu, aber er fühlte sich völlig deplatziert und wäre am liebsten aufgesprungen, um nach Hause zu fahren und am Roman weiterzuschreiben. In Gedanken ging er bereits einzelne Szenen durch. Er sah seinen Protagonisten leer und mit wachsendem Druck im Magen vor dem Schreibtisch sitzen, stumpf, gedankenlos, ängstlich, als hätte er nichts mehr mitzuteilen, niemandem. Schließlich hätte ihm das Leid wohl den Kopf gesprengt. Warum hatte er nicht darauf bestanden, Fábia alleine zu treffen? In jenem Moment hätte er sich am liebsten mit allen am Tisch Anwesenden verfeindet, mit niemandem mehr geredet und sich allen versperrt.

Bevor er völlig in Selbstmitleid versank, läutete sein Handy. Es war Nelly, und er ging nach draußen, um in Ruhe mit ihr reden zu können, und war froh, ihre Stimme zu hören. Während des Gesprächs schien es ihm sogar, als würde sie zunehmend Fábias Platz einnehmen, und er dachte an eine Kehrtwendung in seinem Roman. Was, wenn er für Nelly ein Kapitel schrieb und ihr zu lesen gab, in dem alles aufgeklärt wurde? In dem sein Protagonist ein Schuldgeständnis lieferte und er sich schließlich als personifizierter Protagonist vor Nelly zu erkennen gab? Aber wozu würde das führen? Nelly würde ihm nie verzeihen, und sein Roman wäre plötzlich ohne literarischen Schutzmantel und widerlich wirklich geworden. Nellys Wunsch, er möge zu ihr kommen, wies er unter dem Vorwand ab, er müsse später noch arbeiten.

Als er wieder zurückging und Platz nahm, merkte er, wie ihn Fábia ungewohnt ernst ansah. Wenig später verließ ein Großteil der Runde das Lokal, und nur Fábia blieb mit ihrem Bekannten, der sich mit ihr angeregt auf Portugiesisch unterhielt. Er kam sich auf verlorenem Posten vor, wie an jenem Abend, an dem David und er in einem Lokal zwei Frauen getroffen hatten und David rasch seine gesamte Aufmerksamkeit nur noch einer der beiden widmete.

„Weißt du übrigens, dass ein Schriftsteller bei uns am Tisch sitzt?“, fragte Fábia ihren Bekannten und sah ihn erwartungsvoll an. Sie schien ihn damit nicht sonderlich zu beeindrucken, denn er sagte nur „Wow“, entschuldigte sich und ging auf die Toilette. Fábia sah ihm nach, bis er verschwunden war und lächelte. Er versuchte, zurückzulächeln.

„Ich verstehe zwar kein Wort von dem, was ihr beiden da redet. Aber ich kann dieses Gespräch in meinen Roman einbauen, wenn ich will. Pass also auf, was du sagst!“

Sie erkundigte sich nach seinem Buch, und er erzählte ihr, dass er gut vorankam.

„Und was ist mit mir?“, fragte sie.

Er sah sie an, als würde er nicht verstehen.

„Du hast gesagt, dass ich in dem Roman vorkomme“, sagte Fábia.

„Ja, natürlich! Einige Szenen habe ich eingebaut, die wir gemeinsam erlebt haben. Aber ich weiß nicht, ob du das überhaupt möchtest?“

„Oh – why not! I enjoy being a part of your book.“

„Schön, dass du wieder da bist“, sagte er nach einiger Überwindung, und Fábia strahlte ihn an oder ihren Bekannten, der sich von hinten dem Tisch genähert hatte. Kurz vor Mitternacht kam die Kellnerin, um zu kassieren. Nachdem sie bezahlt hatten, unterhielt sich Fábia noch eine Weile mit ihrem Bekannten und umarmte ihn innig. Er verabschiedete sich von ihnen, stieg in sein Auto und fuhr an ihnen vorbei, nicht, ohne Fábia noch einmal zuzuwinken.

„Kommst du mit?“, fragte sie ihn. „I'm afraid to be alone, you know.“

Sein obligatorisches „Sure“, auch wenn er keine rechte Lust dazu hatte und an Nelly dachte.

Fábia wohnte stadtauswärts in einem Studentenheim. Als sie dort angekommen waren und sie die Tür hinter ihm geschlossen hatte, begannen seine Gedanken zu rotieren. Er wollte keine Szene für seinen Roman konstruieren, sondern einfach abwarten, was passierte. Fábia würde ihn küssen wollen, davon war er überzeugt, und er würde sie küssen, ohne Überzeugung und Leidenschaft. ‚Feigling', flüsterte jemand in seinem Kopf. Und wenn er es schaffte, Nein zu sagen ... Dann: Stille. Das lange, wortlose Abtasten. Nichts konnte ihn jetzt daran hindern, sich wieder gehen zu lassen, außer, dass jemand den Raum betrat. Nelly. Sie war die einzige, die er sich in diesem Moment herbeiwünschte. Er stellte sich vor, wie sie die Türe öffnete und ihn und Fábia auf dem Bett sitzen sah, einige Schritte auf sie zuging, sich umdrehte und die Klinke in die Hand nahm, für eine kleine Szene im Roman, für immer vielleicht.

Leises Schnaufen an seinem Ohr. Drei Monate, und alles war anders. Fábia setzte sich auf ihn, er öffnete seinen Mund, und sie suchte seine Zunge. Was hinderte ihn daran, aufzustehen oder Fábia zu sagen, dass es so nicht weiterginge. Er schob seine Hände unter ihren Pullover, fasste ihren Po, küsste ihr Ohr und ihren Nacken und beobachtete sich von außen, wie er sie umschlang und sie ihn fester an sich drückte. Keine Rätsel mehr, keine Geschichten. Keine Luft. Eine kleine Wendung, dachte er, nur eine kleine Wendung, für den Roman. Und er war froh, als sie sagte: „Nein! Ich bin erst heute angekommen."

Die erste Pause. Dann küsste sie ihn inniger, und ihre Nägel ritzten seine Haut. Er hatte Angst, dass ihm Striemen blieben, die Nelly nur zu leicht entdecken konnte. Fábia saugte sich an seinem Hals fest. Vorsichtig zog er ihren Kopf weg, was sie nur mehr reizte.

„Denkst du an deine Freundin?"

„Nein, warum denn! Ich möchte ihr morgen nur nicht erklären müssen, von wem die blauen Flecken sind."

„So, you are seeing her tomorrow? Then you are sleeping in the wrong bed right now."

Er stand auf, schlüpfte in seine Schuhe und ging, ohne Fábia anzusehen. Er war ans Bett genagelt. Auf seinem Mund lag eine Hand, die er nicht beiseite schieben konnte und nicht beiseite schieben wollte. Einen Moment lang schwebte er durch Zeit und Raum. Im nächsten Augenblick fühlte er sich, als würde er lichtlos in einer stockdunklen Sommernacht gehen, jedes Geräusch intensiviert wahrnehmen und plötzlich feststellen, dass er zur Gänze die Orientierung verloren hatte. Wo war Prag, wo war sein goldenes Prag? Ihm schien, als befinde er sich im Nebel auf der Suche nach der verlorenen Zeit und wüsste nicht weiter. Aber es war ein anderer Nebel diesmal, kein Neblina, kein grelles Licht wie in der Bar. Er war in seinem vorletzten Kapitel angelangt, ohne es zu wollen.

„Ich muss heute noch etwas vorbereiten und morgen früh raus", hörte er seinen Protagonisten sagen, stand auf und schlüpfte in seine Schuhe. „Ich rufe dich an."

Ein neuer Morgen nahm einen erleichterten Körper auf. Kühle Luft an der Stirn. Nein, es war anders an diesem Tag, anders als in Prag, anders als im Wintermärchen. Als hätte sich Normalität zwischen Fábia und ihn gedrängt und sie weit auseinander geschoben. Taxis rasten durch die Straßen, und er fuhr, halb in Trance, halb im Bewusstsein, dass die Räder den Asphalt berührten und ihn heimwärts trugen. Ihm war kalt und warm zugleich. Zuhause angekommen, stellte er das Rad ab, ging in die Wohnung und fiel wie erlöst ins Bett.

Unglückliche Nacht. Unmöglichkeit, mit F. zu leben. Unerträglichkeit des Zusammenlebens mit irgendjemandem. Nicht Bedauern dessen, Bedauern der Unmöglichkeit, nicht allein zu sein. Weiter aber: Unsinnigkeit des Bedauerns, sich Fügen und endlich Verstehen. Von der Erde aufstehen. Halte dich an das Buch. Aber wieder zurück: Schlaflosigkeit, Kopfschmerzen, von dem hohen Fenster hinunterspringen, auf den vom Regen durchweichten Boden, auf dem der Aufschlag nicht tödlich sein wird.

Während er beim Frühstück Kafka las und die Zeilen in seinen Roman übertrug, dachte er an die Entwicklung seines Buches. Sein gesamter Plot, seine gesamte Idee schien ihm zusammenzustürzen wie ein Kartenhaus. Wollte er Fábia aufgeben oder war es möglich, mit ihr zu leben? Unmöglich ohne sie, hatte er noch vor kurzem gedacht und geschrieben, aber jetzt? Sie nur in seiner Erinnerung behalten und als eingeschriebene Erinnerung im Roman? War es besser, ja, konsequenter, sich Nelly anzunähern und seinen Protagonisten sich Cora annähern zu lassen? Er hatte seiner Literatur einen Traum vermacht und wollte ihn nicht zerstören. Aber der Roman musste leben, und zum Leben gehörte auch die Trennung, der Schmerz, der Abschied. Er fühlte sich so unendlich verloren und hatte nicht die Kraft, es zu beklagen. Dann aber beschloss er, abzuwarten, ob sich Fábia bei ihm meldete, und stellte sich darauf ein, nichts mehr von ihr zu hören, auch wenn sein Herz bei dem Gedanken zeitweilig flatterte.

Nach einem Tag kamen ihm die ersten Zweifel an der Richtigkeit seines fluchtartigen Verschwindens und seinem Verhalten Fábia gegenüber. Vor allem bereitete es ihm Sorgen, dass er es nicht für seinen Roman getan hatte, sondern wirklich gehen wollte, als hätte er die Gegenwart negieren wollen und in der Vergangenheit Zuflucht gesucht.

Fábia blieb zehn Tage in der Stadt. Zehn Tage, von denen bereits fünf verbraucht waren, unwiederbringlich. Er dachte daran, dass er sie nach ihrer erneuten Abreise womöglich nie wieder sehen würde, vielleicht anfangs noch E-Mail-Verkehr mit ihr hatte, der sich dann aber bald auf das gegenseitige Gratulieren zu feierlichen Anlässen reduzierte und schließlich gänzlich verebbte. Irgendwann würde sie nur noch in seiner Literatur lebendig sein und von den Leserinnen und Lesern in ständig neue Realitäten geholt werden. In seiner Literatur konnte er sie wiederfinden, wenn ihr Bild verblasste und nur noch Entferntes war, Erdachtes an Gefühlen und Gerüchen, an Orten, die sie gemeinsam betreten hatten.

Drei Tage später erhielt er ein Mail von Fábia. Sie fragte nach, ob alles in Ordnung mit ihm war, und sprach ihn auf die vergangene Nacht an, nicht, ohne sich für ihr Verhalten bei ihm zu entschuldigen. Er schrieb zurück, dass es auch ihm Leid tat und er sie vor ihrer Abreise unbedingt noch einmal sehen wollte. Wenige Minuten später hörte er das Signal seines Posteingangs. „Hast du heute Abend Zeit?“, fragte Fábia, und er antwortete „Es gibt ein Fest heute, wir können dort gemeinsam hingehen, wenn du Lust hast.

Nachdem er ihr Bestätigungsmail erhalten hatte, rief er David an, fragte, ob er mitkam, und unterrichtete ihn über seinen Plan. Diese ungeheure Welt in seinem Kopf. Aber wie konnte er sich befreien und sie befreien, ohne zu zerreißen? Tausendmal lieber zerreißen, als sie in sich zurückzuhalten oder zu begraben …

Als er am Abend mit Fábia tanzte, war er versucht, sein geplantes Kapitel anders anzulegen. Er drehte sich im Kreis, sah die Lichter über sich zunehmend schneller werden und Fábias Gesicht vor sich und neben sich und plötzlich nicht mehr. Wieder und wieder verschwand sie vor seinen Augen. Wieder und wieder schrieb er die Szene in Gedanken um, und fast war ihm, als würde er sich an seiner eigenen Stirn die Stirn blutig schlagen. Lange tanzte er mit Fábia und sah sich dabei wie in einem Text, der im Zeitraffer durchgespielt wurde, wissend, dass es ab einem gewissen Punkt keine Rückkehr mehr gab und er diesen Punkt nun erreichen musste. David stand die ganze Zeit über wie ein Wachhund am Rand der Tanzfläche, als würde er nur darauf warten, in die Geschichte einzugreifen, die eben geschrieben wurde. Aber sein Auftritt war erst später vorgesehen.

Als Fábia zur Bar ging, blieb er auf der Tanzfläche und beobachtete sie von dort aus. Mit dem Getränk in der Hand blickte sie zurück, sah sich im Raum um, ging einige Schritte Richtung Tanzfläche und wieder zur Bar, wo sie David entdeckt hatte. Er gesellte sich zu den beiden.

„Möchtest du noch länger bleiben?“, fragte ihn Fábia. Er zuckte mit den Schultern, sah zu David und wieder zu Fábia.

„Ich bin schon ziemlich müde“, sagte er. „Wir können dich aber nach Hause begleiten, wenn du möchtest. David hat den gleichen Weg.“

Fábia nickte. Sie nahm einen Schluck und reichte ihm ihr Getränk, das er leerte. Dann holten sie ihre Jacken aus der Garderobe und gingen nach draußen. Eine laue, windstille Nacht empfing sie, die den Blick auf die Sterne freigab. Beim Aufsperren der Fahrräder bemerkte er, dass er seinen Schal vergessen hatte, und lief zur Garderobe zurück. Die Garderobendame musste nicht lange suchen. Und plötzlich war alles wie im Traum: Als er im Begriff war, zu gehen, kamen zwei junge Frauen auf ihn zu und versperrten ihm den Weg. Er versuchte, seitlich auszuweichen. Sie drängten ihn zurück Richtung Tanzfläche. Eine der beiden griff seinen Schal, zog ihn zu sich, blickte ihm einen Moment lang in die Augen und küsste ihn. Sie sah ihn wieder an, lächelnd, fordernd, schüttelte ihren Kopf dabei so leicht, als würde sie zittern. Ihre Arme schlossen sich um seinen Körper. Ihm wurde warm und wärmer, und er öffnete die Knebelverschlüsse seines Dufflecoats.

„Das ist schöner als im Roman“, sagte er zu der Unbekannten, „aber ich muss weiter. Jemand wartet auf mich!“ Die Frau schien ihn nicht zu hören, denn sie zog ihn noch fester an sich und küsste ihn leidenschaftlicher als zuvor. Langsam drehten sie sich im Kreis. Sie fuhr ihm unter die Jacke, und er spürte, wie sich ihre Hände den Weg auf seine Haut suchten. Für einen Moment vergaß er alle Menschen rundum, vergaß David, Nelly, ja sogar Fábia. Für einen Moment vergaß er seinen Roman, und es schien ihm wie ein Schweben durch einen wunderbar leichten und lächerlichen Raum, in dem alles und nichts mehr Bedeutung hatte. Er fühlte sich, als würde er fallen, und in ihm wuchs die Lust, bei der Unbekannten zu bleiben, sie inniger zu küssen, sich von ihr berühren zu lassen, mit ihr nach Hause zu gehen, und nichts, kein einziges Wort darüber in seinem Buch zu verlieren.

Fábia und der Roman waren stärker. Er flüsterte ihr etwas ins Ohr, richtete seinen Schal und ging nach draußen, schwankend und benommen zugleich. Am Weg zu den Rädern kam ihm David entgegen.

„Was ist los?“, fragte er, und er erzählte ihm von der Begegnung. David schüttelte seinen Kopf, und er entschuldigte sich bei ihm und Fábia für das lange Warten. Schweigend gingen sie entlang einer von Baumriesen gesäumten Allee, wo hunderte Jahre zuvor Adelige in Pferdekutschen zu ihren Lustschlössern gezogen worden waren. Er dachte an die Unbekannte und sah sich zugleich mit Fábia am Altstädter Ring, wo sie mit aufgeklappten Mantelkrägen durch den Schnee stapften. Je weiter sie gingen, desto spärlicher wurde das Licht, bis sie fast völlig im Dunkel waren. Wäre er nach rechts oder links auf die zugefrorene Wiese abgebogen, es hätte wohl keiner der beiden so rasch bemerkt.

Dann standen sie vor Fábias Studentenheim. David machte Anstalten, sich zu verabschieden, aber er warf ihm einen

Blick zu, den sein Freund richtig deutete. Er entschuldigte sich und verschwand hinter dem Gebüsch. Unschlüssig stand Fábia vor ihm, und er sah die Unbekannte vor sich, wie sie ihn küsste, spürte die Umarmung und ihren Atem.

„Und? Wie hat es dir gefallen?", fragte er Fábia, da er etwas sagen wollte und ihm nichts Besseres einfiel.

„Ich weiß nicht. Ich habe es mir anders vorgestellt."

„Anders?"

Er sah sie erstaunt an, nahm ihre Hand, und sein Blick fiel auf die Tätowierung, die er nun zum letzten Mal sehen würde. Fé. Amor. Esperança. Der Protagonist in seinem Roman sagte „Schön, dass wir noch einen gemeinsamen Abend verbracht haben", und er redete weiter, während Fábia ihre Lider leicht nach oben zog, die, wie ihm nun auffiel, die Farbe einer polierten Paua-Muschel hatten. Er versuchte, entspannt zu reden, doch jedes Wort von ihm erschien ihm als Konstruktion. Er sah seinen Protagonisten vor sich, der nicht weiterwusste, hörte Nelly hinter sich, die ihm Unverständliches zurief, sah David hinter dem Gebüsch stehen, unschlüssig, ob er sich wieder zu den beiden wagen sollte. Und Fábia stand stumm vor ihm. Wie ging die Szene im Roman weiter? Er musste jetzt rasch zu einem Ende kommen, die Handlung verdichten, sich einem Entweder-Oder stellen. Er war der Schriftsteller und bestimmte über den Fortgang. Er ging einen halben Schritt auf Fábia zu und küsste sie auf die Wangen.

„Ich möchte heute nicht allein einschlafen", flüsterte sie ihm ins Ohr, und er war froh, dass David zurückkam, bevor er eine Antwort geben musste.

„Es ist spät, brechen wir auf", sagte er. „Ich möchte wirklich gerne noch bleiben. Aber ich muss morgen ausgeschlafen sein für meine Lesung. Es reicht, wenn das Publikum einschläft."

Fábia sah ihn kurz an, sagte „Ok“, drehte sich um und ging ohne ein weiteres Wort.

„War's das?“, fragte David später, als sie sich in einem Lokal über den Abend unterhielten.

„Ich weiß nicht. Den Abschied habe ich mir anders vorgestellt.“

Um drei Uhr siebenundfünfzig lag er schließlich im Bett und blickte auf die Uhr. Er lag da, mit rasendem Herzen und einem Gefühl, dass er am liebsten vom Balkon gesprungen wäre. Seine Augen klappten auf und zu. Er sah eine Frau aus Wachs, die auf seinem Oberkörper lag. Ihr Gesicht war über dem seinen zurückgebogen, ihr linker Unterarm drückte seine Brust. Sie entflammte seinen Kopf, und er ärgerte sich darüber, dass er nicht aufstand, um zu arbeiten. Er wollte sich den Schlaf mit fast sichtbarer Absicht über den Kopf ziehen. Wie viel hatte er verloren, wie drückte sich das Blut im engen Kopf. Er schaltete den Fernseher an, betrachtete eine Zeitlang verschiedene Stummfilme. Als sein Körper zu zerplatzen drohte, stand er auf und setzte sich an den Computer. Vier Uhr sechzehn. Wieder und wieder musste er an Fábia und die Fremde denken, von der er nicht einmal den Namen wusste. Warum hatte er sich nicht ihre Telefonnummer notiert? Er versuchte, sich ihr Gesicht vorzustellen und schaffte es nicht. Dann war sie plötzlich wieder vor ihm, zog ihn am Schal zu sich und küsste ihn. Aus Angst, ihr Gesicht erneut zu vergessen, fertigte er eine Skizze an. Das halblange, blonde, zusammengebundene Haar. Die smaragdgrünen Augen, in denen so viel Leben steckte. Die Muschelkette um ihren Hals. Je länger er zeichnete, desto mehr nahm das Gesicht die Konturen Fábias an, und schließlich waren beide Gesichter verschmolzen zu einem.

Um fünf Uhr einunddreißig, das Licht fiel bereits durch die Jalousien und die Vögel begrüßten lautstark den neuen Morgen, war er zum Umfallen müde und kroch unter die Decke. In seinem Kopf krabbelte eine Horde an Gedanken, die ihm den Schlaf raubte. Ein neuer Satz fiel ihm ein. *Die Wege, die sich niemals kreuzen, bleiben immer unbegangen.* Er wand sich hin und her, ihn aufzuschreiben. Dann knipste er das Licht an.

Auf Grund

* * * *

Ich müsste den ganzen Tag, die ganze Nacht durchschreiben, so viel ist über mich gekommen. Was für eine Macht hat der Roman über mich bekommen, der sich nun wie eine ungeheilte Wunde zu schließen beginnt. In welche Parallelwelt habe ich mich begeben. Bin ich gebrochen? Im Niedergang? Das Schreiben ist wie ein Klagelied, und der Gedanke an Taina lässt mich nicht mehr zur Ruhe kommen. Andauernd versuche ich mir vorzustellen, was ich für sie empfunden habe, doch es tauchen nur dunkle, schemenhafte Szenen auf. Was, wenn sie plötzlich vor mir stünde? Wer würde ich sein? Mein Protagonist? Ich selbst? Das Wort Neblina klingt mehr denn je nach einer schönen, alten Geschichte, deren Verfasser sich in der Vergangenheit verloren hat und der die Gegenwart voll Selbstmitleid abzutöten versucht.

* * * *

Auf der Rückfahrt im Zug ließ er seine Lesung Revue passieren. Die Auszüge aus seinem neuen Roman waren auf offene Ohren gestoßen, und nachdem er vorgetragen hatte, sprachen ihn mehrere Interessierte auf sein Buch an. Besonders das Kapitel über Prag schien zu begeistern. Wer Taina sei, ob es sie gäbe und er sie wirklich auf der Karlsbrücke getroffen habe, wurde er von einer Frau gefragt, die ihm schon während der Lesung aufgefallen war, da sie ihm mehrmals zugelächelt hatte. Während er sich ausmalte, wie er gemeinsam mit seinen beiden weiblichen Protagonistinnen auf Lesereise ging, um sie die Fragen des nach autobiografischen Zügen gierenden Publikums selbst beantworten zu lassen, rief Nelly an. Sie wollte sich am Abend mit ihm treffen, da sie etwas Dringendes zu besprechen hatte. Er befürchtete im ersten Moment, dass es etwas mit Fábia zu tun hatte, und ertränkte den Gedanken im Mineralwasser, das er in seiner Hand hielt. Nelly wirkte distanziert, und die vielen Tunnels trugen den Rest zu einem störungsanfälligen Telefongespräch bei. Dreimal wurde die Verbindung unterbrochen, bevor sie sich von ihm verabschiedete. In Momenten wie diesen wirkte die Welt auf ihn so begrenzt, als wäre nur ein Abbild davon in ihm, das sich zusammenzog und wieder ausdehnte zu einem realen Gebilde. Aber er trug eine Musik in sich, die ihm niemand nehmen konnte. Er lebte jetzt, wo er vor dem Notebook saß, in der Melodie jenes Augenblicks, in dem er Fábia das letzte Mal vor ihrer Abreise gesehen hatte, und schrieb seine Erinnerung nieder.

* * * *

Am nächsten Tag stehe ich mit Taina frühmorgens vor dem wartenden Taxi und halte sie fest umschlungen. Ich flüstere ihr ins Ohr, dass wir uns bald wieder sehen werden und uns zwischendurch schreiben oder anrufen können, und merke dabei, wie ihre Wangen feucht werden. Für einen Moment bin ich wie gelähmt. Dann ziehe ich ein Taschentuch aus meiner Hosentasche und trockne ihre Tränen. Aus ihren Augen tropft Blut. Ich drücke sie fester an mich. Sie trennt sich von mir, geht einige Schritte zum Taxi, kommt noch einmal zurück und küsst mich. Ich schmecke ihre salzigen Lippen und weiß, dass ich diesen Geschmack in meinen Roman einbauen werde. Sie steigt ins Taxi, so langsam, als würde sie hoffen, dass ich sie zum Bleiben auffordere oder nachkomme. Lange können wir unseren Blick nicht voneinander lösen.

* * * *

Er blickte von seinem Notebook auf und sah sich um. Die Menschen im Abteil schienen ihm wie Marionetten mit unsichtbaren Fäden. Der Blick durchs Fenster auf die Dächer der Stadt. Der Blick auf Prag, einsetzender Schneefall. Nichts an diesem letzten Märztag schien ihm real, alles war verzerrt, selbst das Schweigen der Passagiere wirkte der Situation angepasst, fast aufgesetzt. Als er ein Buch aus seiner Tasche zog, schlug ein Mann in unmittelbarer Nähe mit den Fäusten ans Fenster und knurrte dabei wie ein gereizter Wolf. Sekunden später saß er wieder regungslos da. Das Schauspiel wiederholte sich so lange, bis zwei Passagiere auf dem Vordersitz aufstanden und sich einen anderen Platz suchten. Nach einer Weile hämmerte der Mann in unbestimmten Abständen weiter ans Glas. Ob er von seiner Frau verlassen worden war, eine gespaltene Persönlichkeit besaß oder bloß sein Spiegelbild nicht leiden konnte?

Er blickte nach draußen und entdeckte in der Scheibe das Gesicht einer schlafenden jungen Frau. Er betrachtete sie näher, und trotz der verzerrten Perspektive fiel ihm ihr hübscher Mund auf. Plötzlich öffnete sie ihre Augen und schien seinen Blick zu erwidern, obwohl er nicht sicher war, ob sie ihn überhaupt sehen konnte. Sie hielten über das Glas Blickkontakt, bis sie sich abwandte. Er sah nach draußen. Unter ihm funkelten Sterne, Lichter einer kleinen Stadt. Mit Unbehagen sah er einen Körper hinter Bäumen verschwinden, der ihm allzu bekannt vorkam. Wieder betrachtete er die Frau im Glas. Er wollte sie beschreiben, sie mit Worten in Fleisch und Blut verwandeln, ohne dass sie etwas davon spürte. Jetzt nahm sie ein Buch zur Hand, dessen Titel er gerne gewusst hätte. Ihre Hand lag am Schenkel und bewegte sich langsam auf und ab. Er stellte sich vor, es wäre eines seiner Bücher gewesen, und in Gedanken bewegte sich ihre Hand nun im Zeitraffer. Hätte sie wirklich ein Buch von ihm gelesen, hätte sie ihn gelesen und gleichzeitig nicht gewusst, dass er, der Schöpfer, in ihrer Nähe saß – welche Befriedigung hätte er in diesem Moment verspürt. In Gedanken versunken, sprangen ihm plötzlich Lichter eines vorbeifahrenden Zuges in die Augen. Er versuchte, zu schreiben, aber eine Frau neben ihm telefonierte und redete wie wild geworden in ihr Handy, lachte im Halb-Minuten-Takt auf, als wäre sie eine verirrte Sirene. Er notierte:

sie ließ ihm keine Chance, nichts ... Sirenen, außerhalb des Zuges, die keine ... Hämmern. Sternhaut, abseits ... wie von ungefähr ... die Finger ... unmöglich. Aus. Ende.

Er ließ von seinem Schreibversuch ab und war froh, als der Zug hielt und er aussteigen konnte. Am Bahnsteig standen mehrere angetrunkene Jugendliche und Erwachsene, die offensichtlich von einem verlorenen Fußballspiel kamen, feindliche Parolen skandierten und ihre Männlichkeit bekundeten. Er stellte sich vor, einer aus dem Zirkus entlaufenen Horde Lamas gegenüberzustehen, die aufgrund einer plötzlich empfundenen Sinnleere ziellos in der Gegend herumspukte. Rauschen, das zu einem Dröhnen anwuchs. Als der Anschlusszug eingefahren war, ging er so lange durch die Waggons, bis er ein Einzelabteil gefunden hatte. Stille. Endlich Stille, die nur von der eineinhalbsprachigen Durchsage des Schaffners unterbrochen wurde. Als während der Fahrt durch einen langen Tunnel kurz das Licht ausging, verglich er den nicht enden wollenden Tunnel mit seinem eigenen Schreiben. Er saß in einem Zug, der durch eine lange Röhre fuhr und außer Kontrolle war. Ziellos lief der Zugführer zwischen den Waggons hin- und her, der Schriftsteller war unauffindbar. Und alle Passagiere sahen untätig mit an, wie der Zug immer schneller ins Dunkel raste. Und dann stellte er fest, dass er selbst der Zug war und diesen zumindest gedanklich dorthin lenken konnte, wo er ihn haben wollte.

* * * *

Kurz nach der Einfahrt in den Tunnel fällt das Licht aus, und ich spüre Tainas Atem näher an meinem Ohr. Nichts, was ich mir jetzt mehr wünsche, als sie zu umarmen und ihr zu sagen, dass ich sie liebe, selbst wenn der Tunnel kein Ende findet. Ich schließe die Augen und finde mich in Atlantis wieder. Da ist Poseidon, der nach mir ruft. Taina. Durch sie habe ich wieder gelernt, einen Körper zu umarmen, nicht aus Gewohnheit oder im Reflex: sondern die Haut zu spüren und den Geruch wahrzunehmen, der darunter liegt.

* * * *

Beim Wiederlesen der Zeilen zweifelte er daran, ob das Geschriebene nicht zu pathetisch war, wollte aber partout keine anderen Worte finden.

Am Bahnhof seiner Heimatstadt besorgte er eine Bonbonniere für Nelly und nahm den Bus nach Hause. Sie erwartete ihn bereits, als er die Wohnung betrat. Er küsste sie, überreichte ihr das Geschenk, aber sie wandte sich ab und erwiderte auch seine Berührung nicht. Sie setzten sich auf die Couch. Er wunderte sich, warum er es nicht wagte, nach ihrer Hand zu greifen.

„Ich würde jetzt gern über etwas anderes reden", sagte sie und lachte künstlich. Dann wurde sie ernst. Und in Sekundenbruchteilen ahnte er, was folgen würde. In Sekundenbruchteilen wurde der Jäger zum Gejagten, der Sieger zum Besiegten. Die Stille war nichts wie ein fester, sicherer Stich ins Herz.

„Ich möchte mich von dir trennen."

Worte, die er erwartet hatte und die ihm den Kopf abschlugen. Worte einer Scharfrichterin, die ihm in wenigen Sekunden fremd geworden war. Etwas umspannte seinen Brustkorb und drückte mit aller Kraft zusammen. Sein Hals füllte sich mit Glassplittern, und er fühlte sich, als wäre ihm ein segmentartiges Stück aus dem Hinterkopf entfernt worden. Während sie weiterredete, sah er sich neben ihr sitzen, ein sprachloser Betrachter. Er hatte von dieser Perspektive bei Sterbenden gehört. Jetzt war er einer von ihnen. Wenn man merkte, dass einem kalt war, war es zu spät. Er fror nicht. Vielmehr bekam er einen innerlichen Schweißausbruch und atmete von Satz zu Satz schwerer. Gleichzeitig war alles in der Szene so klar und stimmig, als wäre sie einem Drehbuch entnommen. Da: Nelly. Dort: er. Als Requisite: die Couch, auf der sie noch vor wenigen Minuten vereint gesessen hatten, oder zumindest einer, der das geglaubt hatte. Mit einer genauen Studie seiner Mimik und Gestik nahm er die Situation wahr, und seine Augen waren Sucher, Schreibmittel, auch jetzt.

„Du hast also mit uns abgeschlossen?“, fragte er. „Nach fünf Jahren Beziehung. Und es gibt kein Zurück mehr für dich?“

Er wollte mehr sagen, brachte aber nur gepressten Atem über die Lippen. Nelly erwiderte, es gäbe kein Zurück mehr, es wäre nicht mehr genügend Raum für eine Beziehung vorhanden, nicht jetzt und nicht später. Worte, die vor kurzem noch von ihm selbst hätten stammen können und die ihn jetzt von innen her aufritzen.

„Und seit wann weißt du es?“, fragte er.

„Schon länger. Aber entschieden habe ich mich vor zwei Tagen“, sagte sie so schnell, als hätte sie sich die Antwort schon vorher zurechtgelegt. Er schwieg. Nelly stand auf und begann, ihre Sachen zu packen. Sie holte die Zahnbürste und die Make-up-Utensilien aus dem Bad, nahm die Kleider aus dem Schrank, ihre Unterwäsche und die wenigen persönlichen Gegenstände, die sie in seiner Wohnung gehabt hatte. Er blieb stehen, unfähig, sich zu rühren. Aus allen Ecken des Zimmers schlug ihm Leere entgegen.

Dann standen sie an der Tür.

„Den Abschied habe ich mir auch anders vorgestellt", sagte sie und lachte erneut künstlich auf. Sie drückte ihm seinen Wohnungsschlüssel in die Hand. „Aber das kann man sich ja nicht aussuchen ... also ... –."

Er nahm die Klinke in die Hand und ließ die Tür offen. Er horchte auf die Schritte draußen, das Surren des Aufzugs, die darauf folgende Stille.

Meerluft

Zwei, die unter einem Baum sitzen. Zwei Menschen zu betrachten, die unter einem Baum sitzen, bevor sich der Tag dem Dunkel zuneigt. Zwei Liebende zu beschreiben, denen der Vollmond am Himmel etwas ganz anderes bedeutet als dem zufällig vorbeikommenden Radfahrer, der einfach nur dankbar ist für das Licht am Weg. Den Radfahrer zu beschreiben, der glaubt, der Vollmond würde den Liebenden mehr bedeuten als ihm selbst im Moment des Vorbeifahrens.

Ein Bild Chagalls tauchte auf: zwei Liebende, die in den Nachthimmel schwebten, der Mond, ein Blumenstrauß. Am unteren Bildrand saßen zwei im Boot und umarmten sich, vielleicht nach oben blickend. In dieser Nacht, in der er von einem Treffen mit Thomas mit dem Rad nach Hause fuhr, spürte er eine Verengung der Gefühle. Nelly saß in seiner Luftröhre und jonglierte mit Messern, während Fábia seinen Bauch mit Blei füllte. Wortgeladen kam er nach Hause. Und schrieb, schrieb über Stunden, bis zum ersten Zwitschern der Vögel. Die zwei ließen ihn beim Schreiben ebenso wenig los wie die beiden Menschen unter dem Baum, die er auf seiner Radfahrt beobachtet hatte. Er verspürte große Lust, Nelly oder Fábia zu berühren mit dem Wissen, dass es das letzte Mal wäre. Noch einmal mit ihnen zu reden, Worte zu wechseln, die sich in ihm aufgestaut hatten.

* * * *

Denn das Schöne ist
nichts als des Schrecklichen Anfang,
den wir noch gerade ertragen,
und wir bewundern es so,
weil es gelassen verschmäht,
uns zu zerstören.

Wieder und wieder lese ich die Zeilen Rilkes und denke darüber nach, sie als Schlussworte in meinem Roman zu verwenden. Wie viele Schriftstellerinnen und Schriftsteller diese Zeilen schon verwendet haben. Wie viele Schriftstellerinnen und Schriftsteller schon über Ähnliches geschrieben haben. Das Schöne ist nichts als des Schrecklichen Anfang. Das Schöne ist nichts als des Schrecklichen Anfang. Ich denke an Cora. Zu sagen, dass sie mich verlassen hat, wäre ungerecht, aber dass ich verlassen bin, und zeitweise schrecklich verlassen, ist wahr.

* * * *

Nach der Trennung hatte er Nelly noch einmal angerufen, um sie von einem neuen Versuch zu überzeugen. Er hatte sie nicht angefleht, vielleicht zu nüchtern geredet. Sie jedenfalls betonte die Richtigkeit ihrer Entscheidung und war unerwartet kurz angebunden. Hätte er rechtzeitig auf ihre Andeutungen reagiert, hatte sie ihm erklärt, so wäre vielleicht alles anders verlaufen. So aber war der Schlussstrich die einzig logische Konsequenz, denn für sie war die Beziehung bereits längst dem Ende geweiht und ihre Gefühle hätten bestenfalls dazu gereicht, mit ihm Gespräche zu führen. Sie war, wie sie ihm gestand, an jenem Abend mit dem fixen Entschluss zu ihm gekommen, die Beziehung zu beenden. Jetzt, wo er so weit gewesen wäre, dass er sich ein Zusammenleben mit ihr wieder vorstellen konnte, hatte sie ihn aus ihrem Leben geworfen. Ob sie etwas von Fábias Existenz bemerkt oder durch seinen Roman Verdacht geschöpft hatte? Er wusste, dass er es nie erfahren würde. Und es konnte ihm im Grunde genommen egal sein, jetzt, wo ein Schlusspunkt gesetzt und er wieder auf sich allein gestellt war. Nun musste er versuchen, die verbleibenden Energien für seinen Roman aufzubringen, und die plötzliche Freiheit kam ihm dabei zugute. Er erledigte die letzten Prüfungen an der Universität, lernte das Verlangte wie automatisiert, um es auf Abruf wiederzugeben, und schrieb an seinem Roman weiter. Dann, endlich: Sommerferien. Er fuhr südwärts, an die Adria. Zimmer mit Meerblick, 18. Stock, was wollte er mehr, als wolkennah den Roman zu beenden.

Als er ankam, war es sonnig und heiß, wie die Tage zuvor, versicherte ihm ein Mitarbeiter an der Rezeption. Im Zimmer stand ein Fernseher, den er umgehend im Schrank verstaute. Dann rückte er den kleinen Tisch ans Fenster: sein Arbeitsplatz für zwei Wochen. Abends der Balkon. Die Tür blieb für Wind und Worte geöffnet. Außer seinen Eltern hatte er niemandem von seiner Reise erzählt, und es war ein gutes Gefühl, zu wissen, dass ihn hier nicht einmal seine engsten Freunde vermuteten. Hier konnte er seinem Wunsch nach besinnungsloser Einsamkeit nachkommen, dem Wunsch, nach langem endlich nur sich selbst gegenübergestellt zu sein. Mit den Tagen rückte alles zuhause Liegende in immer weitere Ferne, so wie nachmittags die Boote vom Hafen in die Ferne rückten, einen weißen Streifen hinterlassend. Während des Schreibens dachte er an Nelly und Fábia, die warme, farbige Zeit, die er mit ihnen verbracht hatte und die schwarzen Flecken in diesen Bildern. Er war froh, wieder allein zu sein, auch wenn er sich manchmal wünschte, Arm in Arm den Strand entlang zum Hafen zu spazieren, die vor Anker liegenden Schiffe zu betrachten und eine Bootsfahrt über das Meer zu planen und darüber hinaus.

* * * *

Ich fahre mit Cora in den Süden, wie wir es schon seit Monaten geplant haben, und weiß, es wird die letzte Reise mit ihr sein. Die Kühle nach der Trennung wird mich aufnehmen wie das Haus über dem Meer, das wir seit gestern bewohnen, abseits des Lärms. Hier will ich meinen Roman zu Ende schreiben. Hier werde ich ihr endgültig offenbaren, dass meine Liebe nicht mehr ist als das Bild einer sterbenden Möwe. Am Weg zum Haus fällt mir ein Mann unter einem Olivenbaum auf, der seine Augen geschlossen hält, vielleicht ein Schäfer, der Zuflucht vor der Mittagshitze sucht. Wenn dieser Mann aufsteht, denke ich mir, wird er zufrieden und ausgeruht sein. Er wird nach Hause gehen oder seine Schafe hüten und ein Lächeln im Gesicht tragen. Der Gedanke daran beschäftigt mich noch lange.

Am Nachmittag erledigt Cora Einkäufe im Ort, und ich schreibe einige Stunden, bis sie mir den Arm auf die Schulter legt. In der Abendsonne spazieren wir zum Hafen. Ich denke daran, ihr die Wahrheit zu sagen, schiebe es aber auf. Diese Woche sollte noch uns gehören. Lange stehen wir am Kai und sehen abfahrenden Schiffen nach.

* * * *

Schirme. Kindergeschrei. Geruch nach Salz und Sonnencreme. Ein Drache in einem sich verdichtenden Himmel. Seine Gedanken, irgendwo dazwischen. Mit den dunklen Wolken kamen auch die schweren Gedanken zurück. Was war, wenn er nach Hause kam, in die neue Leere, in die Ungewissheit der folgenden Tage? Er hatte Angst vor der Rückkehr, freute sich aber gleichzeitig auf den Neubeginn. Aufgeheizt ging er ins Wasser, um seinen Körper abzukühlen. Beim Hinausschwimmen fielen dunkle Gedanken ab wie Schuppen. Er schwamm in die Freiheit, den Meergrund erahnend. Die Wellen gingen hoch, und er musste mit aller Kraft gegen die Strömung ankämpfen. In Gedanken war das Wasser voller Elemente der letzen Jahre, und er ließ sich von seiner Erinnerung tragen. Plötzlich hatte er das Gefühl, als wäre er in einen Wirbel geraten und würde hinausgezogen ins Unendliche. Er stellte sich vor, wie lange er ohne Unterbrechung schwimmen konnte und wie es wäre, wenn es kein Festland mehr gab und er nur mehr mit dem Meer verbunden war, seiner Freiheit, dem Tod. Atlantis tauchte auf. Bilder von Nelly am Strand, als er sich von ihr trennte und sie unter Tränen immer und immer wieder ihre Liebe beteuerte. Er stieß seine Hände ins Wasser und kämpfte gegen die Wellen. Jetzt nahm er seinen Körper nicht als Gegner, sondern als Verbündeten wahr, und spürte die Kraft der Arme, Beine, das pumpende Herz. Das war sein Körper. Das war in ihm steckende Energie. Warum jetzt alles so problemlos funktionierte? Vielleicht, weil vor ihm die Zukunft lag. Nelly und Fábia bildeten einen Teil davon, Wellen, Strömungen, Muscheln, Riffe, Seesterne, Sagengestalten. Und er schwamm mittendurch und war froh, sie im Wasser zu finden. Eine Welle schwappte über sein Gesicht, als wäre sie von den beiden geschickt worden. Ruhig Blut. Er öffnete die Augen, spuckte Salzwasser und sah Land.

* * * *

Wir schwimmen weit ins offene Meer hinaus, und ich bin froh, Cora bei mir zu haben, und präge mir die Bewegung ihres Körpers ein für die Zeit nach dem Abschied. Bei der ersten Sandbank bittet sie mich, dass ich sie auf meinen Händen trage, wie ein Kind, das man zum ersten Mal im Wasser hält. Und ich lege meine Arme unter ihre Beine und ihren Rücken und drehe mich mit ihr im Kreis, bis sich der Himmel über uns zu drehen beginnt.

Kurz vor Mitternacht spazieren wir am Strand entlang, ohne viel zu reden. Es wird das letzte Mal sein, dass ich neben ihr gehe. Aber ich empfinde keine Trauer beim Gedanken daran, vielmehr einen schwachen Trost, der sich schwer in Worte fassen lässt. Einen Moment lang glaube ich, Tainas Hand zu spüren, und weiß im selben Augenblick, dass es endgültig an der Zeit ist, mich von Cora zu trennen. Ich gestehe ihr, was sich in den letzten Monaten angesammelt hat und wie ein Staudamm zwischen uns gewachsen ist, erzähle von Dingen, die sie nicht einmal im Traum geahnt hätte. Wir setzen uns in ein an den Strand gezogenes Rettungsboot und bleiben dort über eine Stunde in einiger Distanz zueinander. Ich werde diesen Abend nicht nur in meiner Erinnerung festgeschrieben wissen und empfinde nur eins: Sehnsucht nach einem Gefühl, das mich verlassen hat.

* * * *

Die erste Woche verging langsam, die zweite viel zu schnell, als ob die Zeit Siebenmeilenstiefel trug. In diesen Sonnentagen veränderte sich einiges in ihm. Sein Gefühl sagte Ja zum Schreiben und zum Beruf des Schriftstellers, und seine Zukunft, dessen war er sich sicher, gehörte dem geschriebenen Wort. Solange er nicht daran glaubte, würde er immer am selben Fleck stehen und sich im Kreis drehen. Und es war ein anderes Gehen in diesen Tagen, intensiver, selbst wenn die Wahrnehmung die gleiche war wie zuvor. Auch seine Einstellung zu Nelly hatte sich verändert. Er war ihr jetzt dankbar für ihren Schritt, den er nie vollzogen hätte. Jetzt klangen ihre Worte ‚Ich möchte mich von dir trennen' weicher als damals und hatten nichts Bedrohliches mehr. Bedrohlich war vielmehr die Vorstellung, dass er in einer Beziehung weitergelebt hätte, deren Boden morsch und von Würmern zerfressen war.

Dann stand der letzte Morgen mit einem Fuß in der Tür. Er las, schrieb eine Karte an Fábia und Nelly, es wurde Abend. Nach einer Einkaufstour nahm er die Meerluft bewusster wahr als zuvor. Die Nacht duftete wie eine aufgeschlagene Kokosnuss. Kurz nach zwölf machte er sich auf den Heimweg, hängte seine Schuhe über die Schulter und spazierte am Strand entlang. Vorbei an eingezogenen

Booten, vorbei an im Sand sitzenden Jugendlichen und Pärchen auf Liegen. Das Meer, das ihm als Kind immer ungeheuer war und das er mied wie die toten Krebse am Ufer, erschien ihm jetzt freundlich gesinnt – als wollte es ihm zeigen, dass er genügend Kraft habe, sich ihm zu widersetzen, und ihn sein Anblick auch allein nicht unglücklich machte. Am Horizont säumten Lichter den Uferbereich. Gischt umspülte seine Füße, wider Erwarten war das Wasser angenehm warm. In Gedanken ging er noch einmal alle Strände ab, über die er mit Nelly gegangen war, ging rückwärts in Erinnerung und vorwärts zugleich. Seltsam. Selbst der Mond war heute hellrot und legte einen malerischen Strich ins Meer. Er erinnerte sich an seinen Traum, in dem der Mond gebrannte hatte und vom Himmel gefallen war. An diesem Abend hätte er ihn mühelos am Himmel halten können.

Die Nacht bringt dir das süße Verlorene zurück, und du hältst die Hand auf. Ohne zu fragen, liegt ein Mond darin: Rot wie Mohn.

Der Satz fiel ihm im Aufzug ein, und da er ihn an die Worte eines spätromantischen Dichters erinnerte, schrieb er ihn nieder. Die letzte Nacht, eine Mischung aus Wehmut und Vorfreude auf zuhause. Am Balkon sitzend, betrachtete er den wieder weiß gewordenen Mond und schrieb die letzten Sätze für den Roman, mit der Gewissheit, es würde auch zuhause der selbe Mond scheinen.

* * * *

Hier breche ich ab, in Anblick des Mondes über dem Meer, der nun kein Mond der Liebenden mehr ist, sondern ein Erdtrabant, der durch das von ihm reflektierte Sonnenlicht die Nacht erhellt. Nur teilweise sichtbar, ist er heute ebenso fragmentarisch wie mein Roman. Aber der Roman sollte ein Fragment bleiben, nicht verbrannt werden, auch niemandem unter die Augen kommen außer mir selbst. Und wenn ihn jemand lesen sollte, dann nur als Fragment, denn fragmentarisch ist auch mein Denken, mein Schreiben, fragmentarisch ist meine Beziehung zu Cora und Taina, zu Nelly und Fábia. Dieser Roman wird kein anderes Ende finden als dieses, denn ich bin es, der sich beschreibt, der sich einschreibt in diesen Zeilen und zu keinem anderen Ende kommen will als diesem. Ja, es könnte sein, dass ich aus dem Roman hinausgetreten bin in eine andere Welt, dass mich jemand diese Zeilen schreiben lässt. Ich wollte sie niedergeschrieben wissen, bevor Bilder zu verblassen beginnen und nur noch Entferntes sind, Erdachtes an Gefühlen und Gerüchen. Die Liebe sei stumm, schreibt Novalis, einzig die Poesie könne für sie sprechen.

Gedruckt mit Unterstützung durch die Kulturabteilung des Landes Salzburg.

ISBN 978-3-7082-3264-5

in der Studienverlag Ges.m.b.H., Erlerstraße 10, A-6020 Innsbruck
e-mail: skarabaeus@studienverlag.at

www.skarabaeus.at

Umschlag- und Buchgestaltung: Kurt Höretzeder, Büro für Grafische Gestaltung, Scheffau/Tirol
Satz: Skarabæus Verlag/Manuela Weiß
Umschlagbild: www.mauritius-images.com
Lektorat: Skarabæus Verlag/Dorothea Zanon

Gedruckt auf umweltfreundlichem, chlor- und säurefrei gebleichtem Papier.